홍미욱

밤의 작품
Opus Nocturnus

밤의 작품 Opus Nocturnus

발행   2022년 8월 30일

지은이   홍대욱

펴낸이   원미경
펴낸곳   도서출판 산책
편집   김미나 정은미

등록   1993년 5월 1일 춘천80호
주소   강원도 춘천시 우두강둑길 23
전화   033)254-8912
이메일   book4119@hanmail.net

ⓒ 홍대욱, 2022, korea
ISBN 978-89-7864-001-5   값 12,000원

＊ 이 책은 원주문화재단 지원으로 발간되었습니다.

밤의 작품

Opus Nocturnus

홍 대 욱

산책
도서
출판

'Opus Nocturnus'는 '밤의 작품'이라는 뜻입니다. 밤은 낮과 다르지만 어둠만은 아닙니다. 낮에 렌즈를 갈고 밤에 글을 쓴 스피노자의 책들은 밤의 작품이라고 불렸지만 대낮 같은 빛을 오늘까지 비추고 있습니다. 음과 양이 서로를 도와 만물을 이루는 것처럼 밤과 낮, 여성과 남성은 서로 도와 생산하고 창조합니다. 무엇보다 밤은 "또 하나의 세계"(파스칼 키냐르)입니다. 이 이야기들은 "원자가 아니라 이야기로 이루어진 우주"(뮤리엘 루카이저)에 대한 저의 탐구이며 저만의 "야전"(夜戰, 사사키 아타루)입니다.

제가 이 미니픽션 연작을 쓰게 된 동기는 시의 숨결과 넋이 담긴 소설을 써보자는 뜻에서였습니다. 물론 무엇보다 장편을 써낼 영혼의 곳간을 못 갖추었기 때문임을 고백합니다. 그리고 솔직히 말해서 짧은 스토리텔링, 이미지, 비주얼에 기울어진 독자 대중과 호흡을 함께 하려는 지은이 또는 화자의 책략임을 숨기지 않겠습니다. 이러한 융합 시도가 온당한지, 가능한지 아닌지는 아직 잘 모르겠습니다.

이 연작은 드러나지 않지만 저의 삶과 내적 연관을 갖고 있고, 한 편의 미니픽션도 여러 개의 화(話), 곧 에피소드로 나누어 읽어도 됩니다. 장르는 없습니다. 굳이 말하자면 소위 말하는 순수문학, 판타지, 스팀펑크, 사이버펑크가 뒤섞여 있습니다.

이야기를 누가 썼든, 왜, 어떻게 썼든 간에 중요한 것은 작품이 아니라 오로지 그대의 영혼 또는 삶이니까요.

시인의 맨손으로 직조한 소설어의 아름다움

세상에 말이 넘친다. 필요를 넘어서는 언어들의 성찬이 매일 매시간 공해를 넘어서는 수준이다. 아침에 눈 뜨면서부터 피곤해지는 우리 일상에 '미니픽션'이 각별한 매력으로 다가올 수 있는 이유다. 짧대서 가볍지 않다. 길다고 늘 중후한 것이 아니듯 짧기에 오히려 강렬하고 그 여운이 깊다. 스마트폰 없으면 한시도 살지 못하는 스낵컬쳐 시대에 딱 떨어지는 장르기도 하다.

시인 홍대욱이 그의 시만큼이나 구구절절 아름다운 미니픽션을 한데 모아 선보인다. "시의 숨결과 넋이 담긴 소설을 써보자는 뜻"에서 시작했던 작업이다. "소위 말하는 순수문학과 판타지, 스팀펑크, 사이버펑크가 뒤섞여 있다"고 프롤로그는 밝힌다. 운 좋게도 출간 전에 전편을 감상할 기회를 얻었다.

목차 상 4, 5, 6번째 작품인 '해저기지에서 새우깡 먹기Eating crackers in the bottom base', '성Das Schloss', '루와 로The tear and the way'가 단번에 마음을 사로잡는다. 서로 다른 결과 색과 향을 지닌 세 가지 사랑 이야기가 젖은 종이 위의 물감처럼 어우러져 번져갈 수 있다니 경탄스러웠다. 정신이 번쩍 들었다. 자세를 바로잡고 재차 정독을 시작했다. 편편을 읽어갈수록 동서고금을 넘나드는 작가의 식견과 상상력이 놀라웠으며 그 독특한 세계관을 완성해내는 문장의 독특함 또한 흡족했다.

요컨대 "죽는다는 건 시간문제지. (……) 그건 말이야, 비관도 낙관도 아니야. (……) 과연 내가 사랑 때문에 아프긴 아픈 것일까. 죽을 만큼 아픈 사랑이란 게 있기는 있을까. 하지만 로, 너만 생각하면 몸통 안쪽 어딘가가 계속 아프다. 사랑해서 아픈 건 의사들도 아직 해명하지 못한 것 같아. 기억하지 않으려 하고 기록하지 않을 뿐 사랑이란 늘 아픈 거야."(루와 로의 후後After tear and the way 중에서)는 시인의 문장이요 시인만이 쓸 수 있는 문장 아닐까 싶었다. 촌철살인 콩트 읽기의 즐거움이 이러했음을 다시금 상기시켜준 '오스카 와일드의 경우In case of Oscar Wilde', '밤의 사내A man in the night' 역시 독후의 감상이 오래 남는 작품으로 꼽고 싶다.

다만 아쉽다면, 아이러니하게도, 앞서 찬미했던 미니픽션의 특성상 이야기가 작아질 수밖에 없었다는 점이다. 더 장황하고 묵직한 픽션의 세계를 뛰놀아야 할 이야기들이 너무 작은 집에서 살고 있는 것 아닌가 하는 점이다. 그러나 아쉬움은 미래의 기대를 불러온다. 작가 홍대욱의 고전적이며 미래지향적인 소설들을 앞으로 더 오래, 더 자주, 더 가까이서 접하고 싶어질 따름이다.

한차현 소설가

차례

밤의 작품

Opus Nocturnus

소리 가게
The voice shop

소리를 살 수 있을까? 소리는 거저 가질 수 있는 것이다. 세상에는 소리가, 노래가 새처럼 날아다니고 또 어느새 어디론가 날아가 버린다. 소리는 저장되어 상점에서 팔기도 하지만 모두 마음에 드는 건 아니다.

그리고 언젠가 들었지만 이후로 다시는 들리지 않아서, 또 아무도 저장해 팔지 않기 때문에 그리운 소리가 있다. 유행이 한참 지난 노래, 오래 전에 상실해 버린 누군가의 목소리 같은 것 말이다.

그가 하릴없는 장난이나 광기에 사로잡히는 건 좀처럼 없는 일이지만, 눈 오는 밤 술에 취해 불 꺼진 간판들 아래를 헤매며 소리를 사려고 했던 그 어느 밤을 당신은 이해하는지.

라디오는 소리를 공짜로 주는 고마운 기계다. 하지만 어쩌면 파는 것 같기도 하다. 라디오의 노래는 영혼에 끼어들고, 충동하며, 눈물을 흐르게 한다. 이것은 중요한 대가다.

라디오는 착하다. 착한 것 같다. 마음에 평화를 준다. 평화만큼 소중하고 고마운 건 없다. 우리는 한 줌의 평화와 안식을 위해 몇 천 곱절의 소란과 위기, 귓전을 때리는 바람의 절벽 앞에 서곤 한다.

소리를 손가락을 꼽아 세듯 추억할 수 있을까? 성문(聲紋)이나 소리 그래프 따위를 하나하나 뜯어 따져 보며 무엇인가를 알아내려는 것처럼. 눈 오고 적막한 그날 밤 그는 그렇게 하고 싶었다. 하지만 문을 연 가게는 단 한 곳도 없었다.

두 손을 주머니에 깊이 찔러 넣고 깃 속에 거북처럼 머리를 파묻고 무작정 걸었다. 아파트 단지 부근의 철시한 상가를 빙빙 돌았다. 갑자기 바닥에 별빛 같은 불이 하나둘 켜졌다. 곧 불빛은 은하수 길이 되어 희미한 등이 켜진 성냥갑 같은 외딴 가게로 그를 이끌었다.

"소리 파세요?"

이목구비가 하도 밋밋해서 백지 같은 얼굴을 한 가게 주인이 그를 물끄러미 쳐다보았다.

"음, 그러니까… 좋아하는 노래를 골라서 테이프 같은데다…."
"녹음말인가요? 요즘은 그런 것 하는 데 없습니다."
"아, 요즘은 시디나 앰피쓰리로군요."
"그것도 누가 이런 데 맡기나요, 다 집에서 하죠."

그는 말없이 가게를 나왔다. 걷다가 뒤를 돌아다보았다. 가게는 어느새 사라지고 없었다. 다시 캄캄한 바닥에 은하수 길이 펼쳐졌다. 멀리서 작은 불빛이 점멸했다.

"팝니까, 소리?"

이번에는 스스로도 느낄 만큼 그의 목소리가 조금 격앙되어 있었다. 눈자위가 푹 꺼져 안구는 없고 어두운 심연만 있는 것 같은 주인이 묵묵히 그를 바라보았다.

"내가 좋아하는 노래만 골라 녹음한 카세트테이프 말이에요, 그게 필요해요. 다 버리거나 잃어버려서."

주인은 고개를 가로저으며 천천히 등을 돌렸다. 가게는 순식간에 사라져 버렸다.

비틀거리며 어둠 속을 걸었다. 얼마나 걸었을까, 성탄절이 지난 지 오래인데도 크리스마스 트리의 깜빡불을 여전히 밝혀 놓은 노래방의 지하 입구가 보였다.

"소리 파…… 아녜요. 내 노래 녹음해 주지요? 30분어치 주쇼."

높은음자리표처럼 상체와 하체가 적절한 지점에서 꼬여 있는 주인 여자가 미소를 머금은 채 따라오라고 말했다. 여자의 뒤태, 높은음자리표가 그려지기 시작하는 어디쯤인가에서 유혹이 꿈틀거린다.

플라스틱 컵에 담긴 맥주를 다 비우고 여자가 손에 쥐어준 테이프를 손에 든 채 노래방을 나온 그는 더 비틀거렸다.

그는 집까지 걸었다. 아파트는 침묵과 어둠에 파묻혀 있다. 모두 잠들어 있는 것 같다. 그는 멈춰 섰다. 그리고 고래고래 소리쳤다.

"다 일어나! 왕년에 잠 안 자본 사람 있냐! 일어나라구!"

집집마다 불이 켜지지도 않았고 메아리도, 어떤 반응도 없었다.

집으로 들어서는 그를 보는 딸의 눈빛이 초롱하다.

"아빠, 어디 아퍼?"
"아니야, 소리가 아퍼."

그는 작은 동물의 갈색 내장같이 주르륵 잡아 빼 헝클어진 테이프를 머리와 어깨에 늘어뜨린 채 비틀거리며 서 있었다.

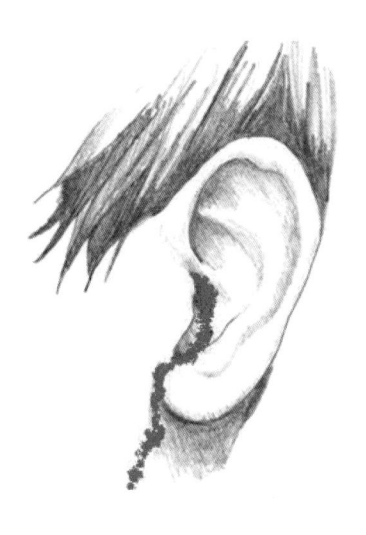

햇빛 조각
A piece of sun light

햇빛이 무엇에게 쫓긴다든지 어디로 도피한다든지, 그런 일이 일어날 수 있을까. 심지어 눈에 잘 띄지 않는 곳에 숨는 일이 있을까.

여름 햇살이 지난 계절의 눅눅한 패잔병들을 낱낱이 색출해 내고 있는 한낮, 꺾어지는 오르막 골목 구멍가게에 숨어 있는 햇빛을 보았다. 가게 자체가 은닉된 골동품처럼, 의심 많은 노인처럼 손님이 달갑지 않은 모양이었다. 미닫이문이 잘 열리지 않았다. 가게는 가까운 맞은편 어린이집과 피아노교습소, 영어인지 수학인지에 미친 사람들이라는 간판을 내건 학원이 층층이 자리 잡은 건물 때문에 그늘이 져 있었다. 비좁은 가게 안으로 다섯 걸음쯤 들어가 저승꽃 핀 노파의 손에서 담배와 거스름돈 오백 원을 받아들고 되돌아 나오는데 참 희한하게 생긴 벽감 하나가 눈에 띄었다. 갓난아기를 눕힐 만한 정도의 공간이 벽 안쪽으로 파여 있다.

햇빛은 거기, 세월에 빛바랜 상자의 누런 보호색 사이에 숨어 있었다. 햇빛에게도 나이가 있다면 아마 가게 주인 노파의 막내동생쯤 되는 것 같았다. 햇빛의 나이에 색깔이 있다면, 그것은 눈부심이 가신 수줍은 황금빛이었다.

어릴 적 가회동성당 뒤편에는 어린아이가 다른 어린아이의 등을 딛고 다리를 겨우 걸쳐 넘을 수 있는 벽 너머 반 평 남짓 되는 공간이 있었다. 거기엔 금가루가 있었다. 아직도 그게 왜 거기 있었는지, 어디에 쓰였던 것인지 알 수 없다. 성물(聖物)을 꾸미다 남은 것일까, 금분(金粉)이 20킬로그램짜리 쌀 한 부대가량 쏟아져 있었던 것이다. 함부로 던져져 터졌는지 나 같은 개구쟁이들이 노다지를 찾는 모험 탓이있는지 금가루는 공간의 사방 벽 전체를 뒤덮고 있었다.

그것은 하나의 신비 체험이었다. 그곳에 넘어갔다 온 날은 엉덩이에 불이 났지만 나는 잠시 금빛일 수가 있었다. 최근에야 기억해낸 바로는 고추를 달고 태어나서 최초로 부드럽고 예쁜 조갯살을 몸에 지닌 존재와 끌어안아 본

게─물론 섹슈얼 인터코스가 배제된 불완전한 포옹─ 바로 거기였던 것 같다. 금가루가 있는 신비의 장소, 혼자서는 공포의 공간일 수도 있는 그곳으로 함께 가자면서 어린 유혹을 감행했을 것이고, 그곳에 함께 넘어갔다 온 흔적을 지워 버리기 위해, 한편으로는 내심 짜릿한 비밀을 간직하려는 마음의 반동(反動)으로, 얼굴과 손발, 옷에 묻은 금분을 조막손으로 황급히 털어냈던 빛나던 시절.

이런 과거의 미화, 그나마 추악하지는 않은 문학이라는 필터로 걸러진 기억이야말로 내가 읽은 거의 모든 세계명작에서 그린 초경이자 첫 경험이 아닐지.

온전한 광원에 비추이는 사물 또는 존재의 부분 그림자와 어둠. 그것은 가시적 세계에서 이미 렘브란트의 위대한 관찰과 경험치를 통해 배운 바 있다. 렘브란트는 리얼리스트이면서 리얼리스트가 아닌데, 그가 포착해낸 빛과 그림자는 분명히 인간의 정념을 드러내기 때문이다.

내가 구멍가게의 벽장에서 발견한 햇빛은 객관적으로 실재하는 광원에 의해 빚어진 것이지만 나는 분명히 나의 기억이 빚어낸 명암을 거기다 부여하고 있다. 이를테면 지금 내 가슴에 피어나는 정념은 구멍가게 조각 햇빛과 동일한 입자를 가지고 있다. 쓸쓸한 듯도 하고 아린 듯도 하고 슬픔 같기도 한, 뭐라고 형언할 수 없고 더 이상 쪼갤 수 없을 것만 같은 입자 말이다.

광원이 빛과 그림자를 만든다는 과학적 지식처럼 나의 정념에도 빛과 그림자가 있다고 간주하는 것은 아무래도 '입자 철학의 유산'이다. 구멍가게 밖에 널린 햇빛과 벽장의 햇빛을 구별하는 것은 탄소 원자의 공간적 배열에 따라 흑연과 다이아몬드를 구별하는 것과 무엇이 다른가? 광장에 무차별하게 쏟아지는 빛에 식상하거나 반발해서 골방 햇빛의 종차(種差)를 드러내고자 하는 분별심이나 계급의식일 수도 있다. 그럴 수 있다. 독실한 기독교도이자 옹고집 우파인 내 죽마고우는 늘 말해 왔다, 세상의 어두운 면만 보지 말라, 신은 처음부터 빛 있으라, 하셨다고.

하지만 친구야, 이 세상에서는 알렉산더의 햇빛과 디오게네스의 햇빛이 다르고, 또 헛간에 유배된 햇빛도 그 옛날 구유에 비친 빛처럼 그리스도일 수도 있다는 것을 알아야 한다.

사랑은 예술, 입자 철학에 사로잡힌 과학, 심지어 연금술, 어떤 것일 수도 있지만, 구멍가게의 가난한 조각 햇빛으로 말미암아 식은 사랑과 죽은 혁명을 다시 불러낼 뿐만 아니라 일부러 게처럼 다리를 크게 벌려 어렵사리 감행해야만 하는 금가루를 향한 어린 모험이다.

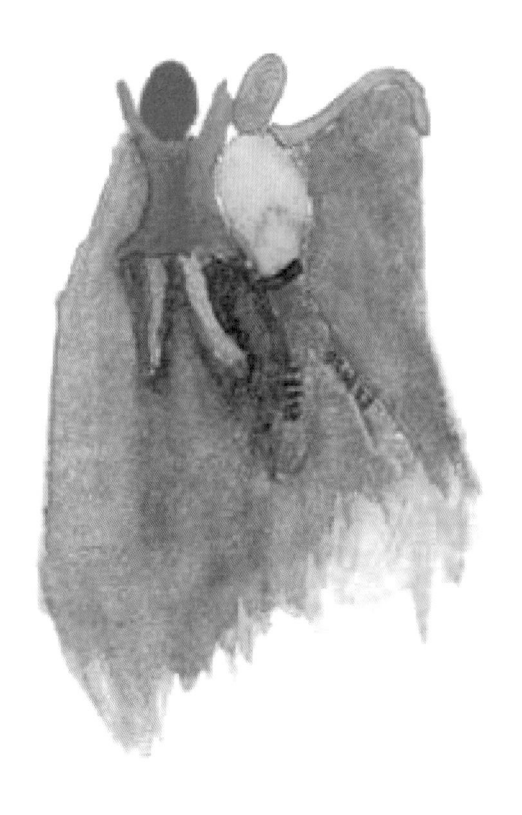

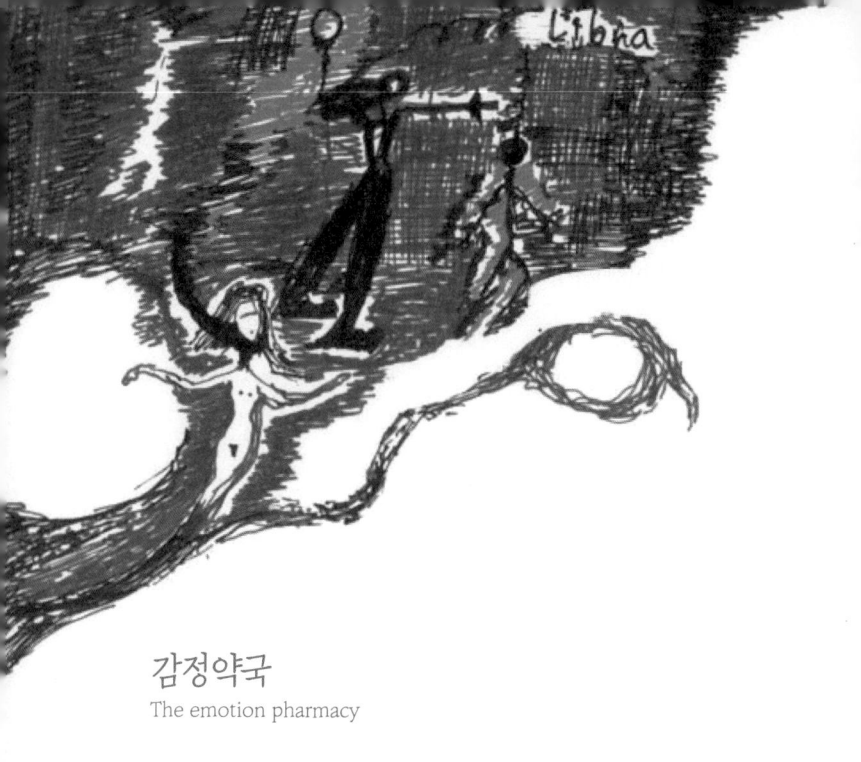

감정약국
The emotion pharmacy

폭설을 기대한다. 민가와 참호와 여관과 포대와 미사일 기지 따위가 모두 덮여 버리기를. 꼼짝 못 해서 하는수없이 섹스만 하도록. 기찻길 옆 오막살이 우리 둘이 잘도잔다 칙칙폭폭, 응애응애 아기 아기 잘도 난다, 그렇게 낳은 아이가 우리를 숙주로 삼아 우리를 딛고 전혀 다른 세상을 열도록.

이런 이상한 정신의 골뱅이 똥을 토물과 함께 영혼의 앞섶에 줄줄 흘린 K는 모퉁이를 돌자마자 약국을 찾는다. 기다리는 아내 같던 약국이 사라졌다.

약국 자리에 눈이 내린다. K는 희고 큰 입자들을 집어삼켰다. 구토도 체중도 모두 낫게 되었다. 다음날, 새로 생긴 대형마트 아이스크림 냉동고를 깨 부쉈다고 지구대에 연행되긴 했지만.

해저기지에서 새우깡 먹기

Eating crackers in the bottom base

비극의 흰 얼굴을 본 적이 있는가?
그 손님의 얼굴은 실로 아름답다.
검은 옷에 가려져 오는 이 고귀한 심방에 사람들은
부질없이 당황한다.

—정지용

청신호가 목적지까지, 지평선까지 끝없이 켜진 것 같은 날이 있고 적신호가 번번이 막아서는 것만 같은 얄궂은 날도 있다. 자동차를 운전할 때만 그런 건 아니다. 자전거를 탈 때도, 걸어갈 때도 그렇다. 씩씩하게 돈을 찾으러 가다가, 자기 집 냉장고에서 꺼내온 것 같은 야채며 캔주스 몇 점을 하필 은행 앞에 펼쳐놓은 노파의 좌판 앞에서 급히 걸음을 멈추어야 했다면, 설사 좌판을 아슬아슬하게 밟지 않았더라도 그날은 그리 순탄한 날이 아니다.

단골 술집이든 뜨내기로 불쑥 들어간 술집이든, 아마 검객이나 총잡이 들도 그랬겠지만, 왠지 드잡이가 있을지도 모르겠다 싶은 느낌이 들 때가 있다. 군기 바짝 든 병사의 관물대처럼 착착 정리된 영혼을 갖고 술집을 드나드는 사람이 있을까마는 수십만의 작은 악귀들이 저마다 떠들어 대는 것처럼 라디오 주파수가 도무지 맞춰지지 않는 그런 날, 그런 술집.

반대로 여기저기 자리 잡은 사람들이 '씨발'이라든지 '좆'이라든지 '니미' 같은 저마다의 불행과 분노를 새긴 콜사인을 또렷하게 내보내고 있을 때도 마찬가지이긴 하다.

왼쪽 구석에 가고파 영감. 내 고향 남쪽 바다, 가곡 '가
고파'의 첫 대목을 판소리처럼 뽑을 줄 아는 유일한 인
물(이 아닐까), 막걸리 단 한 병으로 오래된 향수와 오
늘의 절망 사이 긴 거리를 순식간에 왕복할 수 있는 인
물. 그의 노래는 딱 거기까지다. 이내 고개를 떨구고 가
로젓는다.

메뉴판 아래 침묵의 사내와 다변의 사내. 다변의 사내
는 길거리 휴대전화 판매원처럼 말쑥하면서도 유효적절
하게 경박하다. 침묵의 사내는, 무력한 침묵과 고요 속에
서 외딴 벤치처럼 일상의 시간을 보내다가 갑자기 포효하
며 이전과는 전혀 다른 순간을 불태울 준비가 되어 있는
그런 사내 같다.

오른쪽 90도 각에 새카만 아이라인의 여자 혼자. 소주
가 반 병 남짓 남았고 사교든 유혹이든 간에 오늘은 누구
와도 말 섞기 싫은 기분이다. 사선으로 길게 뽑아내는 담
배연기가 그렇게 말하고 있다.

좌석 배치와 숨겨진 위협, 탈출구 따위를 눈으로 훑는
암살자처럼 술집에 들어서서 단 하나, 흑백 격자무늬 시트
를 씌운 테이블 앞에 앉았다. 등진 쪽의 여자가 살짝 바스

락대며 일어선다. 주방 커튼 안으로 들어가 돈을 치르는 것 같더니 발소리도 없이 문밖으로 사라진다.

내애~ 고오향~ 남쪽 바다, 영감이 다시 고개를 떨구고 잠시 후 다변의 사내 입이 열렸다.

"싸웠나? 심기가 안 좋아 보이네. 소문만 듣고, 보는 건 처음인데 좀 섬뜩하구만."

침묵의 사내 입이 열린다.

"아, 저 여자가 바로 형사취수, 그 여자."
"오래 얼굴 보고 지내면 없는 정도 생긴다고… 요즘이 어떤 시댄데, 허물도 아니지 뭐."
"그래, 사내새끼들이 문제야, 사내새끼들만 불쌍한 거고, 씨…."

살다 보면 정든다니, 쓸쓸한 말이 아닌가. 첫 잔을 털어넣는데 다변의 사내가 장광설이다.

여기서 조금 더 올라가면 등산로 입구에 오토바이로 끄는 두 바퀴 짐칸 위에 판자를 얹고 플라스틱 간이의자를 놓아 너덧 사람이 술을 마실 수 있게 한 노상 주점이 있다. 탈것에다가 주점을 차린 걸 보면 분명 이동하기 위한 것인데, 한 3년 동안 그 자리에서 움직이지 않았다고 한다. 2,000원에 막걸리 한 사발, 안주는 김치와 멸치 따위를 거저 준다.

큰길 건너 시장에서 실패하고 상처한 70대 노인이 주인인데, 어느 날 50대 여자 한 사람이 손님으로 나타나 자주 드나든다 싶더니 공공연한 연인 관계로 발전했다는 것이다. 하지만 남들이 보기에 두 사람이 서로 깊은 정 좀 주고받는다 싶었을 때 노인이 돌아가고 말았다.

죽은 노인의 뒤를 이어, 손님으로 드나들던 열 살쯤 밑의 후배 한 사람이 장사를 이어갔는데, 여자는 여전히 손님인 듯 주인인 듯 주점을 떠나지 않았다. 그리고 남들이 보기에 두 사람 역시 연인 사이가 되었다. 그런데, 비극다운 비극이 비로소 막을 열었다. 새 주인이 안주거리 장을 보고 찻길을 무단횡단 하다 트럭에 치여 신송장이 되었다는 것이다.

전사한 동료의 총을 말없이 주워들고 행군을 이어가는 무표정한 병사처럼, 이번에는 제3의 후배 한 사람이 장사를 이어받았고, 여자는 주점을 떠나지 않았으며, 또 하나의 사랑이 시작되었다고.

그녀가 그 이동식 노상 주점 아닌 다른 술집에 나타났다는 것 자체가 이변이었다. 침묵과 다변은 그녀의 출현이 그 기묘한 사랑의 위기이자, 그녀를 가까이한 사내마다 죽어나간다는, 알 수 없는 검은 마법이 풀리려는 조짐으로 받아들이고 있었다. 한편으로는 불가해한 비극과 불행의 드라마가 어떤 결말을 맺는지 끝까지 지켜보고 싶은 구경꾼의 무자비하고 영악한 기대와 함께.

가고파의 처음 소절이 한 번 더 휩쓸고 지나간 다음 일수 수금원이 불쑥 고개를 들이밀었다. 다변의 입이 열렸다.

"어서 오니라 아우, 한 잔 하고 가."
"하하, 이따가요, 오도바이집 쪽으로 한 바퀴 더 돌구요."
"너도 혹시 거기 마담 보러 가는 거 아녀? 미안하지만 버스 떠났네."
"무슨 마담요? 아, 그 아줌마. 그런데 내가 아니라 형님이 그 아줌마한테 뭔 관심이 그렇게 많으쇼?"

일수가 말을 이었다.

"……안됐어요. 거기도 참 인생 꼬였더만. 남편이 경찰인데 술만 들어갔다 하면 두들겨 패서 하루 날 잡아서 한마디 안 하고 그냥 빠이빠이 해버렸답디다. 그리고, 경찰이니까 사방 뒤지고 다니면서 찾는 모양이야."

"그래도 그렇지, 남의 동네 와서 형사취수가 뭐야, 형사
취수가…."

다변의 술은 입에서 쉬지 않고 증발했고 침묵의 술은 갇
혀 있다가 폭발하기 위해 들끓고 있었다. 침묵이 괜히 발
끈하자 다변이 되레 차분해지면서 점잖아졌다.

"형님, 남의 얘기라고 그렇게… 그리고 형사취순지 아닌
지 직접 봤어요? 고마합시다."
"그럼 너는 봤냐?"
"나 참, 외로워서 그랬겠지! 그걸 꼭 봐야 알아요?"

그때, 가고파 영감이 판소리를 또 한 번 끄집어내려다
멈칫하고 게슴츠레 입구를 올려다보았다. 그녀가 들어서
고 있었다. 좌중에 눈길 한번 주지 않고 주인아주머니를
찾는다.

"깜빡 놓고 간 게 있는데 혹시 못 보셨어요?"
"아, 이거."

주인아주머니가 검정 봉투를 찾아 준다.

"신랑이 인절미 좋아해서 샀는데 잊어먹을 뻔했네요,
고마워요. 그리고 아까 저한테 천 원 더 주셨어요,

여기요."

여자는 자신의 시선 180도 좌우를 깡그리 무시하면서 희미한 미소까지 머금은 채 술집에서 나가버렸다. 남겨진 자들은 의외의 사각에 몰린 것만 같았다. 그들의 확신 또는 억측, 인생관, 은밀한 욕망 따위가 교란되고 무너진다.

"오도바이집 쫑내고 집에 들어간 모양이네."
"자세히 보니 참한 아줌마구만."
"그러게… 참고 살아야지, 어쩔 수 없는 거야."

무엇인가, 누구인가를 참고 살아가다니, 서로에게 참혹한 일이 아닌가. 막잔을 들이켰다. 조금 전 그녀의 얼굴을 상기해 보니, 잘라서 양끝을 밀봉한 시간의 파이프 속에 갇힌 존재가 그 양쪽으로 뻗어 있는 연장선을 좀처럼 깨달을 수 없듯, 어딘가에 갇힌 마음을 갖고서는 도저히 알아볼 수 없는 약동이 느껴지는 얼굴이었다.

도피 아니면 방황, 혹시 이중생활? 남자 잡아먹는 마녀라는 누명 혹은 악명의 주홍글씨, 그 어떤 것도 그녀의 분방하고 생동하는 발길을 가두거나 막을 수 없다.

갑자기 가슴속에 회오리가 휘몰아친다. 어떤 메모들,

변색된 폴라로이드 사진, 휴지, 담뱃재와 먼지, 종잇장이 날리는 거센 바람의 나날. 모기들, 솜털, 알 수 없는 자극이 살을 간질이는 대낮의 가위눌림, 혼령 같은 게 옆구리를 찔러 모로 누우면 악몽의 늪으로 빠져들었던 날, 누군가가 소름으로 돋아났던 쓰디쓴 날, 모두 용서하고 화해하고만 싶었던 달디단 복음의 날… 마음의 감옥에 갇혀 살았던 모든 나날.

인생 잘못 살았다. 목에 칼이 들어와도 10대부터 술집에 자리를 틀고 앉았다가 때가 되면 어떤 당돌한 녀석에게 자리를 물려주거나 했어야 했다. 가치를 관조하지 말고 거기 뛰어들어 고개를 젖히고 마지막 한 방울까지 들이켜야 했다. 독배라고 해도.

삶은 갇히지 않는다. 누가 누구의 삶을 가둘 수도 없다. 자, 셔츠를 허리띠 안으로 쑤셔 넣고 소슬바람에 갈빗대 아래가 결리면 무엇이든 무모한 혁명을 시작하는 거다.

성
Das Schloss

콜택시가 좀 늦는다.

아버지 성화에 못이겨 NTS[1] 택시를 불렀다. 아버지는 요즘 같은 때는 무엇보다 장갑(裝甲)이 튼튼한 차를 타야 한다고 했다.

남쪽 송풍구로부터 한 달 간 특별 공급되는 로즈마리 향 봄바람이 머플러 속으로 파고들었다. 은주는 콤팩트를 열어 거울을 모니터 모드로 바꾸고 마더 체칠리아의 성화를 보았다. 그걸 보고 있으면 마음이 가라앉는다. 택시가 도착했다.

"좀 늦으셨네요."
"미안합니다."
"K까지 얼마나 걸리죠?"
"2시간 정도. 공항이고 터미널이고 모조리 폐쇄돼 택시만 찾으니 차가 딸려요. 게다가 다들 장갑 차량만 찾고."

운전사는 미남형이지만 이마와 눈가에 굵게 잡히는 주름이 어딘지 모르게 편안한 느낌보다는 묘한 위기감을 주는 인상이다. 걱정할 것 없어, 내 보디톱에는 공무원 아버지 덕분에 국가가 늘 모니터링해 주는 위치추적 코드가 있어. 운전사도 NTS 소속이니까 등록되어 있겠지. 그가 만약 나를 해치려 든다면 그의 보디톱을 교란시켜 일시적으로 격렬한 통증이나 마비를 일으킬 수도 있다.

"요즘엔 그쪽으로 가시는 분 거의 없어요, 부모님 상이라도 당한 분들 빼고는."
"……"
"혹시… 남자친구가… 죽었나요?"

아버지가 이 자에게 내 사생활 정보라도 열람하게 한 것인가, 은주는 갑자기 불쾌해져서 쏘아붙였다.

"해킹이라도 하셨나요? 콜센터에서는 예약 장소하고 시간만 전송하게 돼 있을 텐데요."
"미안합니다. 오핸 마시구요. 전 몸에서 컴퓨터 들어냈습니다. 싼 것 썼더니 부작용이 심해서. 그래서 사무는 못 보고 운전대 잡았지만… 이게 편해요. 운행명령서에서 봤습니다. 뭐 다 아시겠지만 위험지역에 위험인물 만나러 가면 표시됩니다. 저흰 공무원이라 아무래도…."

죽지 않았어, 은주는 속으로 대답하고 창밖으로 눈길을
돌려 버렸다.

아무리 메시지를 보내도 태형은 묵묵부답이었다. 화상
도 끊기고 음성도 끊겼다. 무슨 일이 있는 게 분명하다.

태형은 북부 사람이다. 당뇨체내제어기 같은 의료장비
영업 일을 하면서 시를 쓴다고 했다. 사귄 지 2년 만에야
그가 통일 이후 DMZ에서 걷어낸 크레모아나 고폭탄을 골
동품상을 통해 밀매한다는 것을 알았다.

피를 철철 흘리면서 거울을 보며 천신만고 끝에 살을 찢
고 네트에 잡히지 않는 조립 보디툽으로 바꿔 넣던 태형
의 모습이 생각난다.

"걱정 마, 내가 돈 벌어 여기 입주권 따내서 꼭 네 곁으
로 돌아올 테니…."

고통으로 미간을 찡그리면서도 애써 웃어 주던 모습이
생생하다.

'자식, 고추는 여전히 뻣뻣한지……'

싱긋 미소가 번지다 그만 눈물이 났다.

택시는 13구와 14구 사이의 투명한 원통 공중(空中) 도로를 지나고 있다. 철갑탄에도 끄덕하지 않는 초강화 유리다. 은주는 을씨년스러운 거리를 내려다보며 참 문명이란 가학적인 데가 있어, 하고 생각한다. 14구 길거리엔 식량 폭동이 한창이었다. 태형의 연락이 끊긴 K시 캐슬 주변의 스트리트[2]도 그럴지 모른다.

"아저씨, 하이웨이로만 가는데 왜 장갑 택시를 타야 하죠?"
"캐슬끼리 계약이 안 된 구간은 차단돼 있어요. 그럴 땐 어쩔 수 없이 비상 램프로 빠져나가 스트리트를 지나야 하는데, 정말 위험하거든요."

운전사가 백미러로 보는 눈이 거슬린다. 콤팩트를 얼굴 가까이 들어 가렸다. 거울을 들여다보는 척하면서 마더 체칠리아[3]의 성화에 대고 가만히 기도한다.

'도와줘요. 그를 사랑해요.'

중세 성화풍에 동서양 혼혈 특유의 신비감을 풍기는 마더 체칠리아의 기도하는 누드 위로 눈물 자국 같은 것이 흘러 내려와 있다. 그녀의 그림은 늘 그렇다.

고속 구간의 현기증, 물속처럼 차 안의 작은 소음들이

마냥 꿈만 같다. 길거리에 듬성듬성 불을 피우고 모여 있다가 공중을 향해 주먹감자를 먹이는 사람들의 아우성이 그저 소리 없는 풍경으로 지나가 버린다. 어떤 구간은 도로의 유리 원통에 난 엄청난 흠집들 때문에 마치 안개 속에 갇힌 느낌이 들었다. 운전사는 그것이 스트리트 무장 세력의 탄흔이라고 했다.

전기 스파크로 기판이 탈 때 나는 것 같은 인공 대기의 은근한 냄새에 머리가 빠개질 것처럼 아파올 때쯤 택시가 속도를 늦추는 것이 느껴진다. 저 멀리 고꾸라진 공룡처럼 시커먼 그림자 위에 세워진 거대한 탑 같은 게 보인다. 수백 개의 항공장애등이 깜빡인다.

코끼리 다리를 만지는 장님처럼 은주를 거대한 성의 아가리 앞에 내려놓고 택시는 돌아갔다. 무역 허브답게 낯선 로고와 플래카드, 만국기가 화려했지만 스테이션은 텅 비어 있었다. 내부로 들어가는 무인 셔틀을 기다려야 한다. 전기 사정이 안 좋아져 운행 주기가 길어졌다는 것은 미리 알고 왔다.

무릎을 가지런하게 모으고 왕의 의자처럼 만든 황금색 벤치에 가만히 앉았다.

'여기 없어도 좋아. 같은 하늘 아래가 아니라도 좋아, 제발 살아만 있기를.'

 발아래 펼쳐진 스트리트가 은하수 같다. 그러나 가뭄이 든 은하수인가, 하늘의 별처럼 반짝이지만 띄엄띄엄 미약하다. 그래도 아름답다. 사랑이 깊었을 때, 그가 곁에 있었을 때의 목소리들이 들려오는 듯하다.

 "이런 삭막한 캐슬말고 진짜 성에 너와 함께 가보고 싶어. 유럽이나 중국에 있는 성이 아니라도 좋아, 남한산성이라도…."
 "없어졌잖아…."
 "옛날 옛날에 어떤 사람이 고향에 갔는데, 어릴 때 자맥질하던 바위하고 근처의 소나무가 사라졌더래. 사람들한테 물어보니까 메트로폴리스의 큰 부자가 죄다 파내서 자기 집 정원에 갖다 났다고 하더래. 캐슬이 세워질 때 스트리트의 쓸 만한 자원들을 모조리 가져가서는 폐쇄해 버린 것과 똑같아."

 은주는 근사한 고성 사진 하나를 불러다 태형에게 전송하고 콤팩트 화면에 키스했다.

 "자, 우리 여기서 둘이 영원히 사는 거야……."

기계음이 들린다. 무인 서틀이 오는 것 같다. 은주는 일어섰다. 짤막하고 네모난 핑크빛 탈것이 오고 있다.

서틀이 코앞에 다가왔을 때 은주는 소스라쳤다. 서틀 안이 노란 근육무력제 분말 천지다. 핏자국도 있다. 누군가 공안부대에 체포된 흔적이다. 서틀은 한 대가 아니다. 공장 라인의 상자들처럼 줄줄이 밀려와 앞차와 부딪쳐 멈춰선다. 뭔가 잘못 되었지 싶다.

뇌리에 수신 신호가 잡힌다. 은주는 황급히 콤팩트를 열었다. 그렇게도 애태웠건만 한 번도 잡히지 않던 태형의 화상 메시지다. 전송 상태가 안 좋다. 화면이 끊기고 일그러진다.

"…은주야, 나 쫓기고 있… 걱정 마, 난 빠져나갈… 사랑하는 사람은 죽지 않는다… 사랑……."

소름끼치는 마찰음을 내며 서틀이 성 쪽을 향해 거꾸로 움직이기 시작했다. 은주는 주저없이 서틀에 올라탔다. 다른 수신 신호가 잡힌다. 아버지다. 은주는 양쪽 관자놀이를 세 번씩 번갈아 눌러 보디톱을 꺼버렸다. 콤팩트에 태형도 마더 체칠리아도 사라져 버렸다. 은주는 눈

을 감고 기도했다.

'컴퓨터와 기계를 끄소서. 뜻대로 하소서. 당신의 느낌
을 믿으소서(Turn off your computer, turn off your
machine and do it yourself, follow your heart, trust
your feelings).'[4]

---

1 NTS는 국가교통원이다.

2 2045년, 재벌과 군산복합체들은 오랜 옛날의 영주나 군벌들처럼 초거대 인텔리전
   트 빌딩 단위의 자족적이고 폐쇄적인 자치독립구를 만들었다. 도시의 97%에 달하
   는 슬럼가인 '스트리트'에 마치 바벨탑처럼 드문드문 세워진 거대 인텔리전트 빌딩
   을 '캐슬'이라고 부른다.

3 마더 체칠리아(1980~). 생명공학 재벌 제너텍(Genesis-tech) 그룹 회장의 차녀
   로 태어났으나 매릴린 존슨 등의 고전음악과 급진사상에 심취했고, 스트리트 유곽
   에서 생활하면서 빈민구호 활동을 했다. 가톨릭 신앙을 받아들이고 '가난한 성신을
   위한 도움의 성모회'를 만들었다. 19세기 후반 나병 환자들과 함께 하며 자신도 나
   병 환자가 되어 죽어간 몰로카이의 다미안 신부의 영향을 받아, 직접 매춘부 생활
   을 경험함으로써 격렬한 파문과 논란을 일으켰다. 화가로도 유명해 〈기도하는 누
   드〉 등의 걸작을 그렸다.

4 〈루크의 기도〉. 2026년에 사이언톨로지가 공식 인정한 기도문이다. 20세기 영화
   〈스타워즈〉에 나오는 요다와 루크의 대화가 그 기원이다.

루와 로
The tear and the way

루는 여자고 로는 남자다. 이름이 왜 루와 로인지는 알 필요 없다. 당신이 살아가는 데 도움이 된다거나 해를 끼치지도 않기 때문에 궁금해할 필요도 없다. 국적, 아비 어미가 누구인지도 신경 쓸 것 없다.

민, 빈, 준같이 세련된 이름의 유행으로 생각해도 좋고 루 살로메, 루마니아, 로마, 로미오, 가수 태진아 아들, 공자의 제자 자로, 혈의 누, 참 진 이슬 로 등 어떤 연상도 괜찮다. 다만 칠수와 영희, 순자, 영자와 함께 같은 시대를 살고 왠지 모르지만 루(淚)와 로(路)라는 한자가 달렸다는 정도만 알면 그만이다.

눈물이라니 슬픈 연애소설의 주인공감이군, 이라든지 길이라니 그럴 듯한 걸, 하고 생각하는 건 당신의 자유. 그러나 미안하지만 솔직히 아주 천박한 자유이고 당신이 한

20년 남짓 살았다면 모르지만 4, 50년이나 그 이상을 살아왔다면 진작 태워 없앴어야 할 옛날 그놈이나 그년의 번지고 닳아 흐려진 편지의 겉봉 주소나 알맹이의 서명처럼 덧없고 뜻도 없을 것이다.

루와 로는 서로 사랑했다. 곧 연애 이야기다. 연애담이라고 했지만 신파극이나 귀신 씨나락 까먹는 소리, '혀'인지 혓바늘인지 하는 소설보다 훨씬 맛없고 재미없다는 걸 미리 밝혀 두어야겠다. 또 공중화장실에 붙어 있는 삼상사(三上思) 이야기만큼도 삶에 도움이 되지 않는다.

삼상사 이야기인즉슨 침상(寢上), 측상(厠上), 마상(馬上)이 굿 아이디어를 떠올리기 좋은 곳이라는 것인데, 말장난을 조금만 하자면 그게 자꾸 삼상사(三上死)로 들린다는 것이다. 뒈지기 좋은 세 장소 중에서 침상이야 저절로 고개가 끄덕여지고, 말 잔등 역시 본래 위험한데다 옛날에는 말을 타고 전쟁도 했으니 그럴 만하다.

셋 중에 가장 난감한 장소가 측상, 즉 변기 위인데, 차라리 그보다는 복상(腹上)이 더 설득력 있지 않을까 한다. 게다가 옛날에 편안한 베개를 베거나 말 좀 타는 자들은 글공부나 무술공부깨나 하고 전대 두둑하고 관직을 꿰차고 있는 자들이었을 텐데, 혹시 요즘 어떤 기업 총수들이 눈뜨자마자 수첩을 들고 화장실로 달려가는 게 아니라, 무슨 짓을 할지는 모르겠지만 사람 배 위로 기어 올라가는 건 아닌지 하는 생각이 드는 것이다. 어쨌든 그 점에 있어서 고상하든 천박하든 자유롭도록 하시라. 아랫것들은 길 위에서 눈물 젖은 빵, 피땀 어린 급여명세서 위에 좋은 생각 많이 아로새길 테니.

사리 분별을 못 하고 사람의 배 위에 오르려는 윗사람 중에는 민주노총 지도부의 인물도 있었다고 한다. 사실 진보 진영이라고 하는 무리에서도 심심찮은 예삿일이다. 남녀상열지사야 백악관, 청와대, 회장실, 사장실, 총학생회와 노동조합, 안가와 은신처, 예배당, 법당, 대통령이나 진보적 사회운동가, 조폭과 동네 양아치, 소설가, 시인, 가수, 화가, 배우, 교사, 교수, 어디든 누구든 가리지 않는다.

아무튼 차라리 변기 위가 낫지, 윗자리가 좋은 생각을 떠올리게 하는 명당은 아니다. 위보다는 아래 또는 뒤가 좋다. 루와 로의 사랑도 밑에서, 뒤에서 시작되었던 것이다. 루는 원수 집안의 자식을 만나지 말라는 아버지의 금족령을 뚫고 도시가스관을 타고 내려와 로와 만났다.

두 집안의 내력은 대충 이렇다. 루보다 열 살 많은 루의 오빠는 로의 누나와 결혼했다. 로의 아버지는 소도시의 은행 지점장이었고 루의 아버지는 큰 점포를 몇 개씩이나 운영하는 사업가였다. 루의 아버지는 군 출신으로 수완이 뛰어나고 셈이 전광석화와 같았지만 장부 기장이나 은행 일, 세무서 일 등에는 무능해서 명문 P상고 출신의 로 아버지를 보통 사돈 관계로는 지나치리만큼 자주 집에 초대해 조언을 구했다. 마침내 그러한 사적인 컨설팅은 상당한 액수의 대출 청탁으로 진전되었는데, 로 아버지가 그것만은 단칼에 거절했던 모양이다.

하지만 그 때문에 서먹해진 관계는 문제가 아니었다. 일을 터뜨린 것은 바로 루의 오빠였다. 장인을 1인분에 15만 원짜리 한정식 집에 모신 것까지는 좋았는데, 끝까지 완강하게 부탁을 거절하는 장인에게 그만 격분해 상을 엎고 입에 담아서는 안 될 호놈까지 하고 말았다는 것이다. 그것도 술 한 잔 안 마신 맨 정신으로. 그후 로의 누나는 뺨이 붓거나 눈이 시퍼렇게 멍들어 친정을 찾아오는 일이 잦았다.

듣고 보니 사연도 그저 그렇고 결국은 형제자매가 삼각

관계 아니면 교차관계로 꼬여 돌아가는 연속극처럼 그렇고 그런 이야기네, 할 수 있겠다. 딴은 그렇다.

파도가 온다, 고통으로 숙성된 파도가. 뭍에 오르거나 해변 바위에 부딪히는 파도는 물거품을 가졌는데, 밀려와 발을 적신 바닷물이 가시는 모양을 보고 있으려니 만약 그 물이 시퍼런 물감이거나 혹시 테레핀유라도 섞였다면 발등에 푸른 띠 얼룩이 평생 남을지도 모른다고 루는 생각한다.

의외로 그것도 괜찮겠다 싶다. 사춘기 때는 인어가 실제로 있다면 얼마나 징그러울까를 상상했다. 하지만 어느새 새파랗던 두피가 갈색이 되어 가고 살갗에서 풋사과 냄새가 사라지는 서른의 고개를 넘고 보니 인어의 아랫도리가 부럽기도 했다. 아무리 얇고 정교하게 가공한 아름다운 뱀가죽도 흉내낼 수 없는 무늬와 미린내를 갖고 싶었다. 포획되어 물이 말라 비늘이 떨어진다든지 심지어 인어를 먹는 종족이 생선을 토막 내듯 자른다면 끔찍하겠지만 말이다.

내가 사랑하는 포획자, 로…. 루는 로의 얼굴을 떠올리고는 쓰게 웃는다.

루의 오빠와 로의 누나는 결국 난폭하게 헤어졌다. 두 사람의 이혼은 어느 하나도 다시는 떠올리고 싶지 않은 몇 건의 사별로 이어졌는데 그 하나는 어느 해의 무더운 여름날 전국을 발칵 뒤집은 총기 난동으로 루 오빠 부부가 숨진 일이고 또 하나는 로가 누나와 남동생을, 그리고 마지막으로 아버지를 잃은 일이다.

루의 오빠는 전날 근무지로 찾아온 로 아버지와 남동생에게 경찰 정복 차림으로 멱살잡이를 당했고 그날 만취 상태에서 오후 여섯 시 이십 분에 친정에 있는 아내를 먼저 쏘았다. 그리고 십 분 뒤에 퇴근해 돌아오는 로의 남동생을 쏘았고 일곱 시 오 분에 시내 중심가에 있는 부동산 중개사무소를 찾아가 로의 아버지를 쏘고 나서 아홉 시에 자기 머리를 쏘았다.

그날부터 공장 3교대 미드나이트 조로 바뀌어 목숨을 건진 로는 그 미쳐 버린 밤에 감당할 수 없는 운명과 비극의 엇갈림 속에서 광기에 사로잡혀 루를 찾아 헤맸다. 로가 무슨 짓을 할지 모른다고 절규하며 말리는 부모를 뿌리치고 루 역시 로를 찾았다. 로와 루는 서로 엇갈려서, 루는 줄리엣처럼 로는 로미오처럼 자살해 버리지나 않을까 두려웠던 것이다. 연쇄 보복 참사를 우려한 경찰 수색조의 손전등 빛 막대들을 따돌린 채 루와 로는 짐승처럼 야산에 웅크린 채 서로를 지켜주었다.

사랑하는 나의 포획자, 로…. 루는 바닷물에 샌들을 헹궈 모래를 씻어내고는 증류탑들이 솟아 있는 공장 쪽으로 걸음을 옮긴다.

"우리가 세상한테 이길 수 있을까?"

로가 남쪽 끝에 있는 어느 도시로 멀리 이사하고 나서 1년쯤 지난 뒤 외곽의 어느 누추한 모텔에서 밤을 보내며 루에게 그렇게 물은 적이 있다.

"이길 수 없을지도 몰라."

루가 고개를 떨구었다.

"그럼 한번 행복해 보지도 못 하고 죽어야 되는 건가."
"아까 행복하다고 하지 않았어?"

루가 뭐라고 말하기 힘든 답답함이 가슴속에서 밀고 올라오는 것 같아 숨을 몰아쉬듯 어색하게 밝은 목소리로 되물었다.

로는 무슨 말인지 모르겠다는 듯 어두운 얼굴로 루에게 오래 눈길을 주었다. 루가 불안하게 해명했다.

"그러니까… 옛날 말구. 조금 아까는 행복하다구 그랬던 것 같은데."

로는 피식 웃어야 했지만 그만 눈물이 나고 말았다. 로는 조금 전에 분명히 행복하다고 루의 귀에 대고 말했다. 오랜만에 만난 루는 서럽도록 반가웠고 그만큼 그녀 몸의 느낌도 말할 수 없이 좋았다. 루는 슬퍼하면서도 기뻐했으며 또 흥분했다.

"세상이 망해 전부 죽는대도… 절대 못 헤어지게 날 먹어 버리란 말야."

사랑하는 나의 포식자, 로…. 정유공장의 칼럼이나 저유탱크 같은 것들은 멀리서 보면 뭐랄까, 도저히 거절할 수 없는 은빛의 독배랄까, 피학적이고 순응적인 안식마저 준다. 엄청난 강철과 용액에 비한다면 한 사람의 몸에 흐르는 뜨거운 피라는 게 하찮다 못해 먹히거나 녹아들어가 버리는 게 오히려 편안하지 않을까 하는 위로를 주는 것이었다.

하지만 큰 산도 알록달록한 개미 같은 인간에게 실핏줄처럼 좁은 길들을 허락했듯 증류탑과 저유고들도 가까이 다가가면 사람이 오를 수 있는 사다리를 갖고 있다. 로와 함께 행복, 아니 행복에 대한 쥐꼬리만큼의 공감을 나눈 때로부터 2년 6개월쯤 지난 지금 루에게는 다가갈수록 뚜렷해지는 그 사다리들이 로와 다름없이 소중한 어떤 외길같이 느껴졌다.

세상엔 어쩔 수 없이 명백한 것들이 있다. 내 침을 묻히지 않은 사랑하는 사람의 입술 따위는 없다는 것, 잉크는 피와 다르다는 것이다. 이것이 인간의 유물론적 존엄이다. 혁명가 트로츠키는 모닝커피보다 조간신문의 잉크 냄새를 좋아했다지만 루가 로와 2년 반 동안 편지로만 주고받은 건 사랑이라기보다는 목마름이었다. 사건의 기억과 악몽, 전직, 부서 이동과 보직 변경, 파업이 2년 빈의 공백을 메꾸는 로의 변명이었다. 루는 쇠약해진 아버지 탓이었다.

로가 있다는 사원숙소는 요즘 새로 지은 오피스텔 급이었다. 어쩌면 수도자들만 살 것도 같은 정숙한 복도 분위기를 바꾸는 건 루의 힐 소리만이 아니다. 숙소 너머 운동장에서 들리는 외침, 건물 스스로 내는 것 같은 미약한 메아리 같은 게 낯선 곳에 온 루의 마음을 누그러뜨렸다.

루는 근무복 점퍼 차림의 앳된 여자 직원과 마주쳤다. 루는 경비실에서 안내받은 316호의 위치를 물었다.

"저기 끝까지 가서서 코너 돌자마자예요."

여자 직원이 등을 돌리고 가다가 잠깐 루 쪽을 돌아보는 듯했다.

루는 터미널 부근에서 산 과일 꾸러미 손잡이를 고쳐 쥐고는 벨을 눌렀다.

"누구세요?"

로다. 루는 대답하지 않고 혼자 미소 지었다. 문이 열리고 트레이닝복 차림의 로 뒤로 한 여자, 건조대에 넌 천 기저귀, 평화롭게 돌고 있는 모빌, 포대기에 싸인 아기, 베란다 창 너머 증류탑의 사다리가 차례로 눈에 들어왔다.

그 뒤에 볼썽사나운 일이 벌어졌는지 그리고 한참 뒤에는 루가 또 사랑을 했는지, 결혼이라도 했는지, 혹시 잘못되기라도 했는지 어쩐지는 잘 알 수가 없다. 알 필요도 없을 것 같다.

이름은 아무래도 좋은 낯선 사람들의 정류장, 마음속에
서 이미 죽은 사람을 가로누인 시간의 상여집이 번갈아 스
쳐지나가는 길은 눈물이며 마른기침이라는 것을 차츰 깨
닫게 되면 그뿐이다.

빨강 빗금무늬 넥타이
The Hatched pattern necktie

많이 마시고 돌아와 쓰러져 잔 다음날은 반드시 한두 군데 멍을 지니기 마련이다. 흔적은 없어도 예컨대 양쪽 겨드랑이가 뻐근하다거나, 어느 한쪽 팔뚝이나 장딴지에 알이 박혀 쑤시게 되어 있다. 그리고 필름이 끊긴 시간에 대한 공포는 상처보다 더 두렵다.

애써 수습할 필요는 없다. 수습할 수도 없다. 무엇을 찾아 뒤졌는지, 헤집어 놓은 옷장을 다시 정리하면 그만이다. 방바닥에 어질러진 것들 중 빨간 빗금무늬 넥타이가 보인다. 힘이 다한 부적이나 뱀 허물 같다.

돌연한 상처는 육체만의 것이 아니다. 돌이켜보면 쥐구멍을 찾고 싶어지는 일들이 있다. 부끄러운 줄 모르는 사람은 영원히 부끄러울 줄 모를 것이고 아무리 사소한 것이라도 마음에 새긴 사람은 영원히 부끄럽거나 낙오하거나.

온몸에 힘이 쏙 빠져나간 것 같다. 허나 이야기를 하고 싶다. 대개는 남의 행복이나 행운을 훔친다. 나는 타인의 불행을 하나 훔쳤다.

그 동네에 대해 말하자면, 출근길 좁은 골목에 작가 H가 종종 무슨 영문인지 스포츠카 이클립스를 몰고 쏜살같이 내려와 가슴을 쓸어내리게 하거나 한여름 밤 길모퉁이에 은색 자리를 펴놓고 수박 쪼개서 동네 술추렴을 하고 있으면 또 무슨 사연이지 꼭대기 사는 중년남자가 낡은 프라이드로 폭주해 올라가는 바람에 술자리에서 비상 대피하고 마는 추억의, 동네.

구의원 한 사람과 H가 바로 그 동네 아주머니들의 공공의 적 1호, 2호였다. H는 아방가르드한 차림새와 내키는 대로 뱉는 것 같은 말투 때문에, 구의원은 대낮에 골목을 한강으로 만드는 구정물의 발원지로 의심되는 집 주인이기 때문에.

책과 TV를 통해 잘 알고 있는 H에 대한 비호감과는 달리 나는 구의원에게는 어느 정도 호감을 가지고 있었다. 그 이유는 어느 더운 날 마을버스를 놓쳐 망연자실한 나를 그가 친절하게 태워 주었기 때문이다. 선거가 보름 남짓 남았을 때였다. 그의 그랜저는 시원하고 쾌적했다.

문제는 구의원의 아내, 정밀하게는 젊은 아기엄마들이 몰려가 구정물 일을 따져 묻자 무슨 상관이냐, 억울하면 더 높은 데 살든지, 라고 말한 그녀의 입이었다. 퇴근해서 발을 씻다 그 얘기를 아내에게 전해들은 옆집 B1호 남자는 당장 구의원 집으로 쫓아올라가 한바탕 했었다.

B1호는 이제 백일 지난 아이 하나를 둔 젊은 부부였다. 처음 이사 왔을 때 한눈에 부부가 둘 다 그렇게 예쁠 수가 없었다. 멀리서, 때로는 가까이에서 지켜본 두 사람의 일상은 여느 부부와 다를 바 없었지만 남편 이름이 로인지 뭔지 알파벳 알(R)이 들어간 알쏭달쏭한 외국어 이름으로 불리는 걸로 봐서 어느 유럽 국가에서 유학이라도 했던지 아니면 외국계 한국인인지 긴가민가했다. 두 사람의 미모도 미모지만, 말을 한마디 나누기만 해도 저절로 기분이 좋아지는 아기엄마의 후덕이 따뜻하기 짝이 없었다. 첫날

돌린 떡, 가끔 돌리는 과일 따위는 아무것도 아니었다. 세상에, 짜파게티 좀 끓였는데 맛 좀 보시겠어요, 하며 들이미는 그런 이웃집 유부녀는 처음 보았다.

선하고 무애한 탓이지, 하면서도 저 유구한 역사를 가진 '퍽(fuck) 아니면 킬(kill)'의 남성 호르몬 테스토스테론의 변종답게, 집이라 대충 편하게 입은 그녀의 파진 옷을 떠올리며 잠깐 턱없이 알쏭달쏭해하다가 고개를 도리질하면서 이웃집 유부녀에 대한 포르노그래피란 인간 유(類)에 대한 얼마나 빌어먹을 모독이란 말인가, 하며 속죄한다.

저녁, 이번에는 남편이 문을 두들기며 맥주 한 잔 하시죠, 하는 초대에 따라 들어가서는 맨발을 양반다리 안쪽으로 애써 감추면서 넙죽 받아 마신다. 혹시 아내와 아이 단둘이 있는 낮에 집을 지키는 옆집 사내의 정체 탐색이나 다소 위선적인 면식을 위한 것이라 할지라도 그가 보여주는 그런 됨됨이는 순수한 호의와 안전을 위한 책략, 어느 쪽으로도 훌륭한 것이었다.

그는 구정물 사건 이후, 험한 세상 살아가는 거친 전사의 모습을 한 번 더 보여주었다. 맨 위의 층 세입자는 두 집을 터서 쓰면서 집주인 같은 위풍과 세도를 부리는 사람

들이었는데, 하루는 B1호 남자가 자기들 자리에 차를 세
운다고 한마디 했다. 역시 입이 문제였다. 기, 승, 전을 거
친 끝에 결말은 이랬다.

> "새파란 새끼가 건방지게, 대가리를 수박처럼 쪼개 버릴
> 까부다, 너 몇 살이야?"
> "뭐? 확 간을 끄집어 안주로 해먹어 버릴라, 나 열일곱
> 이다, 어쩔래?"

한순간 폭발하는 짜릿한 항거, 적에겐 공포와 죽음을,
가족과 동지에겐 무한한 사랑을… 오랜 옛날 전쟁영웅들
의 단순 용감한 카리스마조차 떠올리게 했다.

하지만 가끔 벌어지는 그런 시비와 험구에도 불구하고
세입자들은 좋은 사람들이었다. 2층의 한쪽 집 아이가 마
주보는 집 아이를 때리곤 했는데, 문제는 다른 데도 아니
고 꼭 얼굴을 할퀸다는 것이었다. 하지만 양쪽 집 부모들
이 보여주는 갈등 해소와 화해의 기술은 흐뭇할 뿐만 아
니라 감탄할 만한 것이었다.

인류학 공부 하는 후배가 언젠가, 요즘은 문명세계 어디
를 가도 아이들이 자라면서 내 꺼, 내 꺼, 하게 되는 걸 보
통으로 여기지만, 아프리카 오지의 어느 부족에 대한 르

포르타주에 의하면 인간의 본성이 결코 그렇지만은 않다는 이야기를 한 적이 있다. 나는 그만 솔깃해져 그 이야기를 또렷이 기억했다.

상쟁하는 삶터에서 아이들이 한때 그리고 어른이 되어서도 입에 욕을 달고 살 때도 있겠으나 평범하지만 현명한 부모를 닮아 꼭 '내 꺼'의 질곡을 넘어서리라, 하고 나는 기대했다.

아침나절이었다. 문 앞에서 웅성거리는 소리가 들렸다. 바로 옆, 문이 열린 B1호 비좁은 현관에 서서 동네 젊은 아기엄마, 아주머니 몇몇이 혀를 차고 있었다.

"이게 무슨 일이야, 어쩌면 좋아, 정말 너무 안 됐다."
"오죽했으면 야반도주 식으로 이렇게……."
"애기엄마, 정말 착했는데… 그런 줄 누가 알았겠어……."

나는 어리둥절했다. 지난밤 놀러온 친구 녀석도 무슨 일인지 나와 보았다. 옆집은 큰 살림들이 듬성듬성 빠진 채 버리고 간 살림 쪼가리들로 엉망이 되어 있었다.

이야기를 들어 보니, 그녀는 잘 알려지지 않은 자그마한 종교 단체의 신자라고 했다. 그녀와 몹시 가까웠던 아주머니 말에 의하면 어제 낮에 그녀가 와서, 자기가 아이를 데리고 무슨 철야기도회에 가서 하루 외박을 했는데, 그동안 아무 말도 안 하던 남편이 갑자기 노발대발해서 괴롭다며 눈물을 흘리더라는 것이었다.

그러더니 그날 저녁엔 B1호 남자가 찾아와 아내가 아이까지 데리고 편지 한 장 써놓고는 사라졌다고 하소연하더라는 것이었다.

걱정스러워서 아침에 와보았더니 남자도 무슨 그렇게 급한 일이 있었는지, 아니면 동네 창피해서인지 밤에 조용히 짐을 빼 사라지고 없더라는 것이다.

사람들이 하나둘 가고 난 다음 집 안에 들어가 보았다. 가스레인지, 세탁기는 그대로 있었다. 어때요, 술맛이 더 좋겠죠, 하며 남자가 내게 건네곤 하던 벌거벗은 여자 모양 맥주잔, 하도 얻어먹어서 익숙해진 무늬의 싸구려 플라스틱 그릇들도 널브러져 있다. 유모차, 장난감도 버려두고 갔다. 깨진 사진틀 유리 안의 단란한 가족사진은 빼갔는지, 없었다.

아홉 자짜리 장롱 문은 활짝 열어 젖혀져 있었고, 구겨진 셔츠 몇 벌과 넥타이 몇 개도 버려져 있었다. 도대체 무슨 일이 있었던 거지, 나는 잠시 참담했다.

넥타이가 모두 멀쩡하고 좋은 것들이었다. 나는 무심히 그 중 하나를 집어 장롱 안에 붙은 금이 간 거울을 보며 목에 대보았다.

"뭐하는 거야, 임마. 남 풍비박산 된 집에서……."

친구가 나무랐다.

"아깝잖아."
"술 덜 깼냐? 버려, 자식아… 재수 없어."

라면 물 올려놓은 게 생각난 친구가 황급히 집으로 다시 들어갔다. 나는 하얀 바탕에 빨간 빗금무늬 넥타이를 다시 한 번 목에 대고 거울을 보았다. 목 늘어난 티셔츠 위에서 넥타이는 싫은 집에 시집가는 이의 옷고름같이 처연해 보였다.

세 조각으로 금이 간 거울 속에는 잠시 행복했던 사람들이 머물던 공간과 금지 푯말의 사선 같은 넥타이 빗금무늬가 조각조각 어긋나 있었다. 그리고 그걸 들여다보는 한 사내의 눈동자 안에서 냉담한 세계는 만화경 속처럼 사방으로 흩어지고 있었다.

"야, 퍼지기 전에 얼른 와, 먹자!"

친구가 소리쳤다. 넥타이를 말아 트레이닝복 바지 주머니에 넣고 그 집을 나왔다. 문을 닫고 식탁에 앉았다. 차려진 건 짜파게티였다. 나는 한 젓가락 집어 삼키다 사레가 들리고 말았다.

루와 로의 후後

After tear and the way

사랑을 잃은 것 따윈 아무것도 아니다, 아침에 찬물로 세수하면서 그렇게 마음을 다잡았지만 루는 사실 지나간 깊은 밤마다 자살에 대해 생각했다. "루, 널 어쩌면 좋니, 미안하지만 난 네가 불쌍해, 불쌍하단 말야…."

몹시 취해 눈물을 뚝뚝 흘리던 남자는 앉은 채로 루의 양반다리에 얼굴을 묻으며 고꾸라지고 난 다음 아직 깨어나지 못하고 있다.

루는 모텔 방 콘솔 앞에 앉았다. 스테인리스 컵에 커피믹스가 달랑 두 개 비스듬히 세워져 있었다.

습관적으로 커피 봉지 끝을 잡고 흔들다가 곧 낙담했다. 뜨거운 물이 없었다. 혼자 나서기가 영 내키지 않았지만 방문을 열고 나가 복도 끝에 있는 정수기에서 커피를 탄 다음 뜨거워진 컵을 손을 옮겨가며 조심스럽게 들고 방으로 돌아왔다. 극장에서나 쓰는 것 같은 두껍고 무거운 커튼을 젖히고 쪽창을 열었다. 바깥 공기가 선선하다.

간밤에 남자는 뭐라고 웅얼거리다가 몇 번인가 팔을 루의 가슴께에 올려놓았다 내려놓았다 한 것말고는 잠만 잤다. 새벽에 깜빡 잠들기 전에 루를 맴돌던 생각이 이어진다.

'죽는다는 건 시간문제지. 누구나 결국에는 자기가 죽는 거지 누가 죽여주는 경우는 드문 것 아니겠어. 그건 말이야, 비관도 낙관도 아니야.'

어깻죽지 깊숙한 어딘가가 아파 왔다.

'과연 내가 사랑 때문에 아프긴 아픈 것일까. 죽을 만큼 아픈 사랑이란 게 있기는 있을까. 하지만 로, 너만 생각하면 몸통 안쪽 어딘가가 계속 아프다. 사랑해서 아픈 건 의사들도 아직 해명하지 못한 것 같아. 기억하지 않으려 하고 기록하지 않을 뿐 사랑이란 늘 아픈 거야.'

민망하게도, 아픈 가슴과 슬픈 상념에게는 미안하게도 턱뼈가 빠질 것 같은 큰 하품이 나오면서 눈물이 났다. 하품보다 눈물이 먼저였다고 우기고 싶다. 한껏 벌어져 거침없어진 입안의 작은 허공을 가로질러 침샘이 뿜어낸 실비 같은 타액의 분수가 손등 위로 떨어졌다. 헛웃음이 나왔다.

여행의 첫날밤 저 남자 몸에 미친 듯이 매달렸다.

"우리, 서로의 액체 냄새에 익숙해져야 해!"

뒤에서 머리칼을 잡아당기면서, 잡아먹거나 죽이거나 둘 중의 하나라는 원시의 호르몬 테스토스테론의 야만을 만끽하고 있는 남자를 향해 루는 고개를 한껏 뒤로 젖히고 소리 질렀었다. 자기도 모르게 흐르는 타액을 그가 빼앗아주기를 갈망하면서.

루는 바닥에 커피가 조금 남아 있는 컵에 담뱃재를 털었다. 담배를 입에 문 채 두 손을 뒤로 해서 브래지어 후크를 바로잡다가 어느새 자란 재를 방바닥에 떨구고 말았다. 검지에 침을 묻혀 담뱃재를 가만히 집어낸 다음 컵 가장자리에 조심스럽게 갖다 대고 나서 손가락을 허벅지에다 문지른다. 살갗에 회색 붓 자국 같은 길이 났다.

남자가 뒤척이다가 이내 잠잠해진다.

혼잣술이 너무 지루해진 루가 합석을 허락한 날 처음 만난 뒤로 줄곧 루에게 목을 매고 있는 남자. 한 달에 이백삼십만 원 정도 벌고 자동차는 중고 매그너스 이글, 등산이 취미고 야구를 좋아하고 술 취하면 울다가 얌전하게 고꾸라지고 보수 정당을 지지하며 루를 사랑하고 루를 보살핀다. 루의 과거까지. 진심으로. 하지만 루의 마음속 정글에서는 과거의 남자, 로를 못 이기고 있다. 루는 머리에 까치집을 지은 채 엎드려 자고 있는 남자를 바라본다. 착한 남자.

훗날 몇몇 고향 친구들의 입에서 입으로 흘러 다닌 소식에 따르면 로가 파업 때문에 집에도 못 가고 밤낮으로 공장에 매여 있을 때, 로의 아내는 갓난아기까지 데리고 집을 나갔다고 한다. '응답하시는 하나님의 성도회'라는 종교 단체의 신자였다고 했다. 로는, 아기를 업고 전화 한 통 없이 밤샘 기도를 다녀온 아내에게 불같이 화를 냈는데 그날 이후 아내가 아기와 함께 종적을 감추었다는 것이다.

상사, 동료, 가족까지 동원한 회사의 설득과 회유, 파괴 공작을 피해 파업 가담 조합원들이 일제히 공장을 빠져나가자 로는 비상운영조로 정유5팀 관할 지역에 투입되었다. 비가 억수같이 쏟아졌다. 공장의 그 지역은 지대가 낮아서 만일 물이 차올라 정전이라도 된다면 심각한 사태가 올 수도 있었다. 갑자기 단번에 전원이 끊기면 복잡하고 거대한 파이프라인의 촉매 따위가 굳어 버려 공장 전체가 마비되고 재시동까지 얼마나 시간이 걸릴지 모르게 될 것이다.

걱정은 현실이 되고 말았다. 암흑이 닥치고 천둥이 심장을 뒤흔들었다. 짧은 시간 안에 거의 동시에 정상적인 셧다운 절차를 끝내야 한다. 설비 운전원은 로 혼자였다. 다른 사람들은 긴급 차출된 사무직과 영업사원이었다. 여기저기서 아비규환이었다. 로는 손으로 깔대기 모양을 만들어 다급하게 소리쳤다.

"히터 퓨얼오일, 가스 전부 잠그세요!"
"조 팀장님은 차지 펌프 트립!"

급히 히터 핍홀을 열고 상태를 확인하고 있는데 무전기에서 당황한 목소리가 들려왔다.

"나는 뭘 해야 돼?"
"스플리터 아이솔레이션, 빨리요!"

기름 범벅에 녹초가 된 로가 집으로 돌아갔을 때 이번에는 집안이 온통 캄캄했다. 정전은 아니었다. 허리띠에 달고 다니던 플래시를 켜고 스위치를 찾아 전등을 켰다. 아내도 아기도 없었다. 뭔가 이상했다. 무슨 일이 있었던 것 같지는 않았다. 로는 물을 마시기 위해 냉장고 쪽으로 몸을 돌렸다. 냉장고 손잡이를 잡으려는데 반으로 접힌 쪽지가 딸기 모양 자석에 눌려 있었다. 로는 쪽지를 펴 보았다.

'이로 아빠, 미안해요. 나하고 애기는 하나님의 길 가야 해요.'

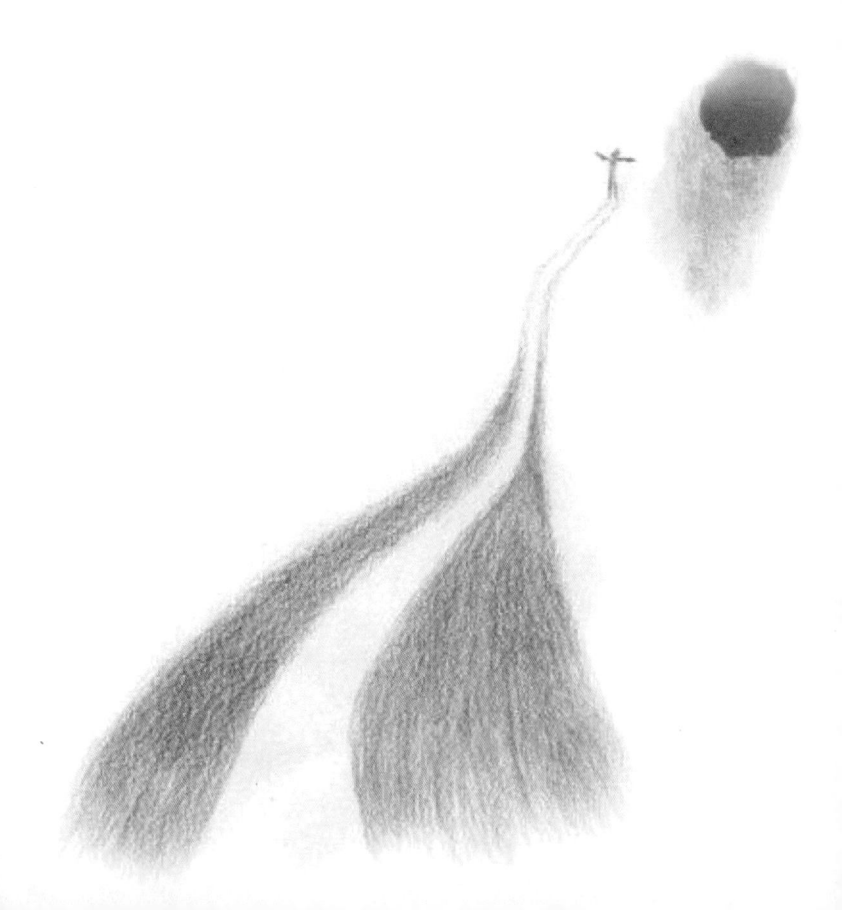

로의 아들은 로 2세라는 뜻에서 이로였다. 이름을 처음 지었을 때, 을지로 통일로 같은 길 이름 아니냐며 입을 가리고 다소곳이 웃던 아내의 얼굴이 모래시계의 모래알처럼 로의 눈에서 빠져나가고 있었다.

헤어진 뒤에 로는 딱 한 번 루에게 전화를 한 적이 있다.

"…나야. 잘 지내? 입이 열 개라도 할 말 없지만 한번 보자."

로는 무엇인가 절박하고 무엇인가 마음을 다 놓아버린 듯한 느낌을 주었다. 루는 대꾸도 않고 전화를 끊어 버렸다.

강릉, 진부에서 하루씩 묵고 루와 남자는 방아다리 약수터에 들러 백담사로 향했다. 남자는 쇠 냄새 나는 약수를 들이켜면서 술이 깼다고 말했지만 여전히 속이 안 좋은지 자주 쓴 입맛을 삼켰다. 그러다 루를 보고는 사람 좋은 미소를 짓는다. 그리고 눈은 다른 데를 보고 입술만 루 쪽으로 내민 우스꽝스러운 표정으로 말한다.

"뽀."

루는 기꺼이 눈으로 웃으며 입술을 대주었다. 귀여운 남자.

백담사에 처음 가보면 두 번 놀라게 되는데, 첫째는 어렵사리 오르고 헤쳐 나가야 할 것만 같은 산길에 어엿한 찻길이 나 있다는 것이다. 소방이나 구조가 쉽도록 만들었다고도 하고, 한 전직 대통령을 위해 급조했다고도 한다.

　둘째는 명당 고찰에 전직 대통령이 머문 방을 그때 그대로 남겨둔 유정(有情)과, 만해라는 시인과의 인연을 1980년대 풍의 을씨년스러운 치장으로 꾸민 무정(無情)의 극적인 대비다. 한국인은 천생 선방의 스님다운 것이, 고찰에 색계의 조악한 미학이 구현되어 있어도 거기서 즐거움을 찾아내고 심지어 아름다움까지 발견해 낸다.

　루는 길도 절도 왠지 '불쾌하게' 편하고, 아름답다고 생각한다. 그건 사실 예전에 라디오 클래식 음악방송에서 흘러나오는 그레고리안 성가곡을 함께 듣다가 로가 했던 말이다.

　　"음악이 불쾌하게 아름답지 않냐?"
　　"아름다우면 그냥 아름다운 거지, 불쾌하게 아름다운 건 또 뭐야?"
　　"뭐랄까, 그런 거 있잖아, 아름답긴 하지만 그게 꼭 나

70

한테 무슨 해코지를 한 것만 같은 찜찜한 느낌말이야."

"로, 불교 믿어?"

"아니, 나는 별을 믿어."

"무슨 별?"

"너라는 별."

"하하, 어디서 많이 들어본… 표절에 닭살이다, 정말."

"무슨 생각 해?"

남자가 루의 어깨를 어루만지며 물었다. 루는 남자에게 어쩐지 미안한 생각이 들었다. 루는 천진난만한 아이처럼 고개를 흔들어 주었다. 남자가 산 쪽을 멀리 보며 말했다.

"아, 여기 너무 좋다, 아름다워!"

루는 할까 말까 주저하다가 그냥 혀가 내키는 대로 말해 버렸다.

"나보다 더 좋아? 더 예쁘고"

"그걸 말이라고 해? 당근 루가 더 좋지."

남자가 해맑게 웃는다.

루와 남자는 백담사 진입로 입구로 다시 돌아가는 버스를 탔다. 버스는 구불구불한 좁은 길에서 마주 오는 버스와 아슬아슬, 그러나 잘도 비켜간다. 루는 절 구경한 보람을 찾으려는 듯 조그만 화두 하나를 마음에 새기려고 애쓴다.

'외길에서 엇갈리는 것도 사랑일까….'

남자는 아무 말 않고 루의 머리칼을 가만가만 쓰다듬었다. 계곡 물은 말라 있고 콘크리트길에는 먼지가 심하지 않았다. 그 모든 풍경은 불쾌하게도 아무 일 없이 평화롭기만 했다.

테스터
The tester

  지하철 자동발권기가 툭 하고 무심하게 떨구는 표가 인생의 영락(零落)과 어쩌면 그렇게도 느낌이 맞아떨어졌었는지….

  가끔 어딘지 모르게 불행해 보이는 뭇사람을 가로막던 심장 판막같이 생긴 게이트를 역무원과 눈인사만 주고받고 통과할 수 있는 것만 해도 인생 역전 아니겠어….

  꽤 넓은 역사를 가로질러 매장까지 가려면 에스컬레이터로 우선 내려가야 한다. 그리고 다시 올라간다. 내리막에 저 밑에서 올라오는 여자의 브이넥 한가운데 모인 가슴의 골이 눈에 들어온다. 오르막에는 대여섯 계단 위에 짧은 치마 뒤를 핸드백으로 가린 여자다.

  물건 값까지 딱 팔천 육백 들었다. 있는 것 없는 것 모조리 집어넣었지만 다행히 화장품 회사 본사 영업조직에

서 여태 꿋꿋하게 살아남은 입사동기가 밀어주어 그나마
싸게 먹혔다.

"안녕하세요? 스킨푸딩입니다. 찾으시는 것 있으세요?"

아르바이트 5개월차 혜정이 혼자서 동분서주 하고 있
다. 기서는 강대처럼 생긴 계산대 밑에 부려진 샘플 포장
을 뜯어 바구니에 몇 움큼 집어넣고 떡볶이 국물 번진 일
회용 그릇을 빠지직 소리가 나게 두 손으로 빠개 재활용
봉투에 구겨 넣었다. 손님 대여섯이 다 빠져나갔을 때 혜
정을 불렀다.

"서영이 또 어디 갔어? 뭐 사다 먹고 그릇 여기다 두지
말랬잖아."
"……죄송해요. 근데 제가 먹은 거거든요. 서영이 화장
실 잠깐 갔어요."

5개월차와 신입은 확실히 다르다. 혜정은 어느덧 여느
백화점 선임마냥 후임 감쌀 줄도 아는 매니저 티가 난다.
사실은 남자친구가 없는 것과 있는 것이 다른 것이다. 담
배 피우러 가까운 지상 출구로 올라갔을 때 몇 번이나 본
적 있는, 슬며시 기서의 눈길을 피하던 군청색 비니 쓴 친

구가 서영의 남자지 싶다.

그러나 솔직히 혜정과 서영을 달리 보게 만드는 굴절 유리방이 기서의 마음속에 있다는 것은 무엇보다도 기서 자신이 잘 알고 있었다.

어쨌든. 아무튼 그때 프랜차이즈 사기 사건의 책임을 졌고 사표를 썼으며 영락(零落)했다.

그리고 아내는 기서가 다른 여자와 잔 시간과 깊이만큼만 다른 남자와, 6과 9가 절묘하게 평등한 것처럼 그래야 했는데, 결정적인 플러스알파가 '문청'이었던 기서를 부들부들 떨게 만들었다. 바로 아내가 메일로 그 남자에게 보냈다는 시였다.

> 별똥별 하나 떨어졌어요
> 타서 사라졌지만
> 작은 파편에 마음이 커다랗게 파였습니다
> 수습할 수 없어요
> 땅과 별똥별은 부서져 하나가 된 거예요

다시 손님이 몰렸다. 아직도 손님이 몰리는 시간과 한산한 시간을 종잡을 수가 없다. 충분하다 싶게 가져다 놓은 샘플 바구니 바닥이 곧 보일 것 같을 때쯤 서영은 페이스

투 페이스에 바쁜 혜정과 연신 계산기 두들기는 데 정신 없는 기서 대신, 교육 받은 대로 매장 와이드 워칭을 위해 계산대 쪽으로 자리를 옮겨 손님의 하명을 기다리는 듯 두 손을 모으고 미소를 띤채 사방을 둘러보았다.

"어머, 쟤 또 왔어."

기서는 빠르게 손을 놀려 봉투에 샘플을 챙겨주면서 손님에게 사람 좋은 웃음을 흘리다가 잠시 서영이 눈짓으로 가리킨 쪽을 흘겼다.

불길한 그림자처럼 실밥 터진 청바지 단을 끌며 천천히 매장을 돌아 테스터 제품만으로 기초에 색조화장까지 끝내고 간다는 바로 그녀였다.

사람을 쳐다보지도 않고 싹 무시한다, 서영이 그녀에게 화가 난 가장 중요한 이유다. 뭐 찾으시는 것 있느냐고 곰상스럽게 말을 걸어서 그녀를 무안하게 하려는 서영의 책략은, 동작이 아주 작았지만 단호한 그녀의 손사래에 산산조각이 났다. 그러고서도 한 10분 가까이 이것저것 덧바르다가 매장을 총총 빠져나가는 그녀의 눈 그늘 아래 번진 싸늘한 미소를 기서는 순식간이지만 볼 수 있었다. 삭이지 못한 분을 낯빛에 가득 담고 사장인 당신이 어떻게든 복수해 달라는 듯 서영이 눈길을 보냈지만 기서는 할 말이 없었다.

서영이 그녀에게 무슨 말을 할 수 있었을까. 후기자본주의 거대도시에서 그저 같은 유(類)일 뿐인 낯선 타인에게 대체 우리는 무슨 말을 건넬 수 있단 말인가. 남이야 한여름에 겨울 코트를 뒤집어쓰고 다니든 키스를 하든 공원에서 반라의 일광욕을 하든 말든 간섭하지 않고 관용하는 것이 거지반 인간에 대한 예의가 되지 않았나.

사실은 이제 상인들만이 낯선 존재에게 말을 건다. 인간으로 태어난 것에 자부심을 느끼게 한다고 레닌이 말했던 베토벤이든 원더걸스의 텔미든 간에, 더없이 분주하고 고단한 세포와 신경, 근육을 잠시 쉬며 음악으로 스스로를 위로하는 털 없는 원숭이에게 월 일만 삼천 오백 원이면 암이든 치매든 안심할 수 있다고 전화가 걸려오는 것이다.

서영은, 안 살 거면 나가 주세요, 라고 말해야 했다. 하지만 한때는 바가지와 끈끈이주걱 식 강매로 유명했다는 어떤 재래시장에도 그렇게 말하는 가게 주인은 이제 없다.

킬러 에이프(Killer Ape)의 시대는 가버린 것이다. 배고픈 원숭이는 한마디 말없이 다가가 멀뚱히 처다보는 다른 원숭이의 대가리를 돌로 쳐 천연덕스럽게 뇌수를 빼먹고 고기를 먹었다. 킬러 에이프의 시대는 진정 사라진 것일까. 그야 생전 보지도 못한 전화국 여자가 나를 사랑한단다.

서터를 내리고 매장을 단단히 단속한 기서는 지하철을 타려고 승강장으로 향했다. 사람들과 눈길이 마주치는 것이 싫다. 누군가 가까이 오는 듯싶으면 벽 쪽으로 시선을 돌린다. 도시철도노동조합의 포스터가 말을 건다. 양인지 음인지 하는 성씨를 가진 사장이 경영을 엉망으로 해놓고는 엉뚱하게 환기시설을 반쪽 가동하는 짓 따위로 본전 찾으려 한다는 것이다. 아닌 게 아니라 바깥은 초겨울인데 후텁지근하기 짝이 없다.

전동차 문이 열리자 사람들의 발등만 보고 빈 곳을 찾아 섰다. 노약자석 앞이었다. 가운데 자리가 비는가 싶더니 짧은 스커트에 까망 레깅스가 자리를 채운다. 기서는 고개를 들어 누군지 얼굴을 보고는 잠깐 놀랐다. '테스터' 그녀였다. 옆에 앉은 노인이 조용히 노한 눈길을 그녀에게 쏘아 보냈다.

다음 역에서 유명한 언론인 이름에 '닷컴' 글자가 붙은 로고가 인쇄된 쇼핑백을 든 노인들이 줄줄이 탔다. 무슨 우익 시국강연회 같은 데 참석한 사람들 같았다. 깃털로 멋을 낸 고색창연한 모자를 쓴 노인이 노약자석 쪽으로 비집고 들어와서는 대놓고 혀를 차며 투덜거린다. 그녀는 앉아서 다리까지 척 꼬고는 눈을 내리깔고 버틴다.

소리는 들리지 않았지만 마치 라디오 주파수를 잘못 맞추었을 때처럼 전동차의 탁한 공기 속으로 '싸가지 없는……' 소리가 들끓는 듯하다가 이내 주파수가 맞아서 선명한 소리가 뛰쳐나왔다.

"추운 날 미니스캇또 입는 아가씨가 다리에 힘없는 노인네 타면 빨딱 일나야지."
"버르장머리 하고는…… 거 예쁜 다리몽둥이 성하고 싶음 얼른 일나."

그녀가 아이라인이 새카만 눈을 들어 노인을 정면으로 응시했다.

강력한 자석은 이성을 배반한다.

그녀의 깊은 곳에서 엄청난 자석이 기서의 온몸을 빨아들이고 있었다. 몇 백 년 뒤에 아무도 뽑을 수 없게 검이라도 꽂듯 기서는 사력을 다해 그녀 안으로 들어갔다. 반 뼘 정도 되는 지퍼 끝이 찢어져 트일 것처럼 무장 해제된 스커트는 그녀의 허리께로 치켜 올려 내버려 두게 했다. 아득해지다가 생생해지고, 성기 말고는 모든 감각이 교란된다.

시간의 필름이 거꾸로 돌아간다.

기서는 마지막으로 스커트를 벗으려는 그녀를 말린다. 두 사람은 모텔로 들어선다.

"아저씨, 교회 그림 알죠? 사람을 천사같이 그린 것 말이에요. 그 그림에 엄마, 아빠, 그리고 내가 있어요. 그런데 그게 좍좍 찢어지고 나는 울며불며 안 된다고 소리 지르고 그런 꿈을 꿔요……."

은성한 백화점을 돌다가 아버지가 고심 끝에 20퍼센트 깎은 구만 구천 원에 사준 브랜드 운동화를 신었던 게 행복한 추억의 전부라고 그녀가 말한다. 찢어진 이콘(icon), 성가족(聖家族)…… 기서의 혈관에 죄악감과 짜릿한 쾌감이 동시에 흐르는 것 같다. 마치 여배우와 마주앉아 마시는 느낌이 들도록 연출된 CF에서처럼 그녀와 마주앉아 소주를 거푸 들이켠다.

집이 이쪽인가 보네, 그녀에게 말을 건다. 전철에서 내려 집으로 가는 길에 저 앞에서 그녀가 뒤를 힐끔거리며 걸어간다.

"어르신, 진정하십시오. 그리고 이 아가씨, 일어섰잖습니까. 그리고 아가씨가 잘못했다 해도 말씀이 좀 지나치셨구요. 자, 앉으시고 참으세요."

노약자석 쪽을 박차고 나가려는 그녀를 붙들고 노인이 흥분한다.

"뭘 그렇게 봐? 눈깔 먹물을 쪽 빨아버릴라!"

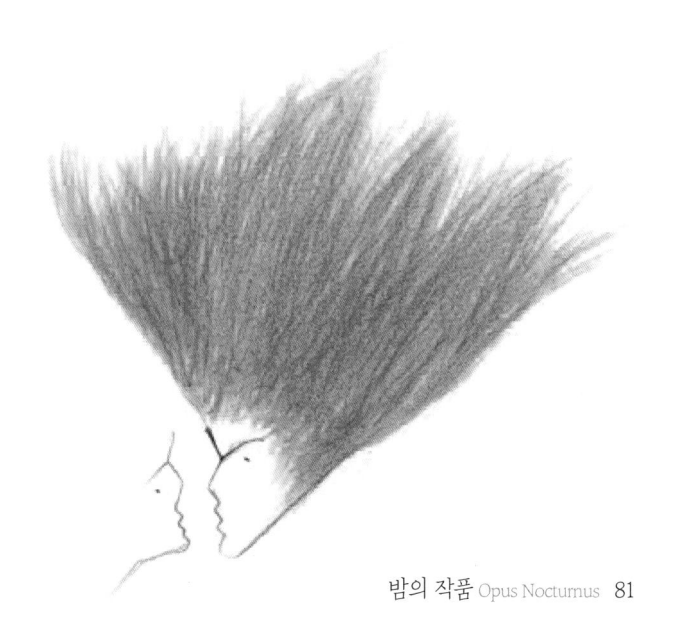

자석은 의지를 배반한다.

기서의 몸처럼 생각도 그녀에게 달라붙는다. 빈자리가 넉넉할 때도 노약자석을 텅 비워 놓아야 하는 것인가. 노인이 타면 양보하면 되는 것 아닌가. 꼭 불가침의 성역처럼 두어야 하나. 그게 이데올로기와 규범이 되어야 하는가. 근육 아프고 뼈 시린 가난한 청년들, 고단한 노동에 지친 근로대중이 좀 앉으면 안 되는가.

다음날 아침, 기서는 혼미한 정신으로 매장 문을 열었다. 혜정은 10분 전에 와있었다. 서영이 헐레벌떡 출근했다. 졸음 쏟아지는 오전이 지나고 오후가 되자 또 손님이 몰렸다 빠져나갔다 했다. 나타날 시간이 되었는데도 그녀는 오지 않는다.

하지만 테스터는 반드시 또 올 것이다. 처음에 결코 환영받지 못하는 모든 혁명처럼. 짧고, 굵게, 그리고 더럽게.

미스터 블루
Mr. blue

꽃에서 멀어진 지 천 년
　　　　—허난설헌, 유선사(遊仙詞)

한밤중 갈증 끝에 물을 마시고는 참 목말랐었다고는 잘
말하지 않는다. 지금 목마르거나 목마르지 않을 뿐이다.
그리고 또 다시 목마를 것이다.

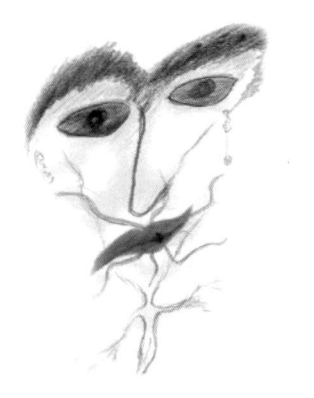

과거에 대해 무슨 말을 할까? 바다와도 같은 과거? 아니면 그림자 같은? 과거는 아름다웠거나 참혹했었다고 말해야 하나, 혹시 과거에 대해 어떤 사과라도 해야 하는 것일까? 아니면 과거를 하나하나 색출해 내어 학살해야 할까?

대천사 미카엘 아니면 미켈란젤로의 이름을 딴 듯한 거대한 네온 벽간판과 새삼스러운 고전주의 구호 같은 Paragon 따위의 이름을 가진 높다란 건물들이 위압하는 도시 입구에 진입했을 때, 셔틀 옆자리에는 정말 새처럼 작은 여자가, 어떻게 저럴 수가 있지 싶게도 창 쪽으로 쏠려 허리와 무릎을 모두 접고 새우잠을 자고 있다. 세상에서 한 인간이 잠들 수 있는 자리는 결코 넓지 않다.

뇌 또는 명치 끝 피부 속 몇 센티미터 안쪽 어딘가에 통증이 느껴진다. 그것은 화순에서 곡성 구간의 그림 같은 푸른 신 그림자들이 시피렇다가 붉어지고 검어지는 멍으로 보이기 시작할 즈음부터 느껴졌다. 깜빡 졸다가, 나는 지금 무엇을 하고 있는가, 나는 어디로 가고 있는가, 하는 난데없는 생각이 신경에 작은 번개를 일으킬 때마다 그랬다.

보일 듯 말 듯 가물거리는 안개 속에 싸인 길
잡힐 듯 말 듯 멀어져가는 무지개와 같은 길

이어폰에서 지나간 어느 시점에 처음 듣기 시작한 옛날 노래가 다시 한 번 반복된다 싶을 때 아주 느리고 저린 마비가 오기도 하고 바늘로 찌르는 것 같은 상념의 습격도 있었던 것 같다.

새우잠 여자 옆으로 보이는 창 너머에는 낡을 대로 낡아 글자 자모가 멋대로 떨어져 나간 채 방치된 개신교 선교 단체의 커다란 선전간판이 지나간다.

'무엇이 정인가 ㄱ 할 수 있는데'

옛 기억에 그것은 '무엇이 걱정인가 기도할 수 있는데' 였다. 별로 좋지 않은 육체의 상태가 마음에 묘한 위악과 장난기를 불러일으킨다. 입술이 야멸차게 말려 뒤틀린 미소가 번진다. 무엇이 걱정인가 간음할 수 있는데, 훗훗… 400년 전쯤에 간음경(Adulterous Bible)이란 게 있었다… 1630년인가, 식자공이 〈출애굽기〉 20장 14절 십계명의 "간음하지 말라"의 Do not에서 not을 빼먹었다던가….

갑자기 아프다. 우울하다. 무얼 잘못 먹었나, 지금까지 세상을, 책을 잘못 읽었나, 그런가, 아닌가, 나 자신조차 잘못 읽은 것인가. 애당초 읽을 수 없도록 삶에서 수많은 자음과 모음들이 탈자되어 있었던 건 아닐까. 게다가 잘 모르겠다, 나의 용도를.

중앙사회보장센터의 성마른 팀장 하나가 나의 전자시민증에 '기각' 워터마크를 입히고 나서 의자 뒤로 깊숙이 앉으며 말했다.

> "…이대로 계속 자유로우시겠습니까, 아니면 재조직되시겠습니까?… 당신은 종교도 없어요. 어디서도 받아주질 않을 겁니다."
> "갱생자원화를 받아들이면 시민권을 돌려주는 건가요?"

팀장은 잠시 쏘아보다가 눈매를 부드럽게 풀고 다시 말했다.

> "시민권 이상이죠. 과거와는 완전히 딴판인 삶을 살게되겠지만."

눈 둘 곳 없어 하는 공허의 표정을 동의로 간파한 팀장은 천천히 손가락을 책상 모서리에 있는 작은 단말기 쪽으로 가져갔다.

"잘 생각하셨습니다. 장소는 분당입니다. 그리 가세요. 오후 5시에 진행합니다. 40분이면 끝납니다."

아마도 이런저런 스포츠로 만들어진 근육과 신체적 능력이 참고될 것이다. 내 신체 자유의 상징, 양 어깨에서 등에 걸쳐져 있는 쌍용 문신도 전사의 풍모로 보아줄 것이다. 나의 보직은 구식 군대의 보병이 될 공산이 크다.

혹시, 블로거 시인으로 행세했으니 해커 부대나 멘탈 특공팀의 요원으로 만들지도 모른다. 그들은 나의 무선전송 시(詩)를 읽어 보았을까. 읽어 보았다 해도 무시할 것이다. 먼 옛날 앵글로색슨 정주지의 찰스 디킨즈 소설 첫 문장이 첩보 암호로 쓰였던 것처럼, 그들은 노동구역(Job zone) 이동을 거부한 파업자들끼리 주고받는 암호쯤으로 간주할 것이다.

같은 노동구역 이웃집 아내로부터 갱생자원화를 받아들인 자기 남편 이야기를 들은 적이 있다. 모든 과거의 기억과 정보를 뇌에서 제거하고 오로지 공안에 복무하는 목적 본능과 제한적인 지성, 전투 및 제압 기술의 원천 정보만을 뇌와 신경계에 채워 넣는 전기의자에 앉는 데 부모나 배우자에 한해 참관이 허락된다. 2040년부터 모든 병역은 이 갱생자원화를 통해 배출된 반(半) 사이보그들에 의해 대체되었다.

…전기의자에 앉은 남편의 눈에서 눈물이 흘러내렸다… 노모와 아내가 흐느꼈다… 국선 성직자가 성호를 긋거나 합장을 하며 짧은 기도문을 낮은 목소리로 암송했다… 남편의 동공이 흐려졌다…

시간이 흐르고 미닫이 문이 열리면 엷고 차가운 미소를 띤 채 정면만을 응시하는 근육질 사내가 걸어나온다.

한 달에 한 번 면회 때마다 바깥 음식을 가져다주면 그녀의 남편은 거의 변함이 없는 엷고 차가운 미소로 고맙다고 인사한다고 했다. 함께 식사를 한다든지 홀로그램 화면 같은 것을 즐기려 할 때, 이끄는 대로 순순히 따르고는 한 번 자세가 잡히면 두 손을 가볍게 주먹쥔 채 무릎 위에 올려놓고 마냥 정면만을 응시한다고 했다.

군경 가족에게만 허용된 채널에서 아날로그 전쟁영화를 볼 때 가끔 눈빛이 날카로워지는 걸 제외하고는 순둥이도 그런 순둥이가 없다고 했었다….

아름다웠든 참혹했든 나의 추억들은 사라지겠지. 사랑

했던 기억도 모두 잊힐 것이다. 아내와 아이들을 다시 사랑할 수 있을까, 나는 이후의 나를 믿을 수 없다. 그러나 아내의 시민증에 병원의 진료 코드가 다시 부활될 것이고, 사후 냉동화와 재생보험 신청자격이 부여될 것이리라 믿는다.

아이들은 자유민 타운(빈민가!) 아닌 교육구역 안에 있는 학교에 다니게 될 것이고 급식을 탈 수 있으리라 믿는다. 나는 내가 나를 알지 못 하는, 내 영혼과 육체가 움직이는 그림자의 행방을 건너뛰어 결과만으로 남을 것이다. 그리고 그것조차 잊힐 것이라고 믿는다.

그 모든 망각이 오기 전에 내 영혼의 힘으로 나의 새로운 이름을 짓기로 하자. 결혼하기 전에 친구들이 붙여주었던 미스터 로맨스… 전투기계들과 섞여 무표정하게 적을 향해 돌진하는 개량인간 병사에겐 어울리지 않는다.

오빠, 아빠… 아내와 아이들은 여전히 나를 그렇게 부르겠지, 하지만 인간 때려잡는 인간 무기에겐 당치 않아. 그러니까 그냥 미스터 블루.

언젠가 싸움터에서 내가 죽게 된다면 누군가 묘비에 나의 이니셜만을 새겨주길 희망한다. M. B.

요시코에 대하여
吉子について

독일 브레멘이라는 도시는 내가 겪은 바로는 고즈넉함과 격돌이 공존하는 곳이다. 고즈넉함이란 중세 때부터 있던 유럽의 대학도시 특유의 것으로 내가 한국에 잠깐 돌아갔을 때 독일 풍을 본뜬 맥주집의 와자지껄과는 확연히 달랐다. 고교 동창 녀석이 내 분위기 맞춘답시고 고르고 골라 들어간 맥주집은 왜 그렇게 하나같이 시끄러웠는지 모르겠다.

"씨발, 시끄러워, 나가자!"

동창 녀석은 못내 머쓱해했다. 미안했다.
아버지는 그날따라 우울해 보였다. 아버지. 독일 유학파 사회철학 교수. 아침을 먹고 나서 어머니와 나, 여동생을 모두 거실로 불러 모았다.

"상헌아, 서재에 가면 내가 빼놓은 책이 있을 거야. 모두 뒤뜰로 날라 주겠니."

"자 얘기하마. 알다시피 시국이 살얼음판이다. 나도 앞으로 어떻게 될지 장담 못하겠다. 다른 건 놔두고 내 책부터 다 태워버려야겠구나. 말썽의 소지는 없애는 게 좋겠다."

아버지는 성냥을 긋고는 말아쥔 신문지에 불을 붙였다. 아버지 책들은 꽤 오랫동안 탔다. 간간이 혼잣말이 들려왔다.

"이러려고 공부했나? 고작 이렇게 세상에 항복하려고?"

식구들 얼굴이 타오르는 불길에 번들거렸다.

그뒤 몇 년이 흐르고 아버지는 돌아가시기 전에 내게 말했다.

"그래도 공부해라. 독일 가서 공부했으면 좋겠다. 사회학이든 철학이든."

1985년이었다.

선배가 권유해 브레멘 대학교에 유학했다. 얼떨떨한 신입생 때가 지나고 고국 생활의 팍팍함과 비하면 목가적이랄 수밖에 없는 독일 대학도시에 점차 익숙해졌다.

하루는 노상주점에서 기숙사로 돌아오는 길에 스킨헤드 몇이 막아 섰다.

"Verdammte Orientalen! Zieh es ab, bevor du dir die Haare häutest!"(빌어먹을 동양 놈, 머릿가죽을 벗기기 전에 꺼져!)
"Ich habe keine Gefühle für dich"(난 너희한테 감정 없어)

주머니칼이 번득였고 한 놈은 붕대를 감아 손잡이를 만든 체인을 손에 휘감았다.

"Schmutzige türkische Bastarde!"(더러운 터키 새끼!)
"Nein!"(아냐)

마침 뒤이어 오던 한국 친구들과 합세해 격돌했다. 경찰차가 경광등을 번득이며 쇄도했다. 이후로는 우리 쪽 일행도 술에 좀 취했다 싶으면 피하시 않고 맞섰다. 몇 번 겪으니 조금씩 과감해졌다. 먼저 시비를 걸진 않았지만 건드리면 가만 있진 않았다.

술과 패싸움 때문만은 아니지만 학위는 따질 못했다. 전혜린 선생처럼 어렴풋한 가스등의 낭만을 누리지도 못했고 공부도 망친 셈이었다.

귀국할 때가 점점 다가왔다. 그때 요시코를 알게 되었다. 유학생의 연애 사정은 대개 이렇다. 같은 한국인 여성 유학생도 결코 녹록지 않다. 동양인, 특히 일본인 여성은 뭐랄까 한국인 남성을 한 눈 아래로 본다. 그런데 요시코는 달랐다. 살가웠다. 두 번 정도 입을 맞추었을 뿐이다.

"나, 다음 달에 한국으로 가."
"같이 가자. 나도 일본 가. 한국 가기 전에 우리 집에 들렀다 가면 되겠다."

요시코는 효고 현 단바 시 낡고 아담한 아파트에 혼자 살았다. 짐을 풀고 각자 목욕하고 나는 니혼슈 한 잔, 요시코는 하이볼을 마시고 잠에 빠졌다.

얼마나 잤을까, 어둠에 익숙지 않은 눈을 비비고 일어나 앉아 담배에 불을 붙여 물었다.

"좀 잤어요?"

방 끝 쪽에서 희끗하게 이쪽으로 요시코가 다가와 앉았다.

"상헌씨,"

요시코는 손을 동그마니 모아서 손바닥이 보이게 내게 내밀었다. 손 재떨이였다. 미안했지만 '감동 먹었'다.

훗날 친구 녀석들은 이 얘기만 하면

"새끼, 구라치고 있네. 엊그제 TV 보니까 일본 주부가 '남편 다 씻을 때까지 수건 받쳐 들고 다소곳이 욕실 앞에 무릎 꿇고 앉아 있는 건 순전히 옛날얘기에요. 저만 해도 남편 빨래 더럽다고 집게로 집어서 세탁기에 넣어요'하더라 새꺄!"

하긴 그렇다. 옛날 어르신들은 "옛말에 여자는 일본, 음식은 중국, 옷은 한복"이라고 주워섬기곤 했다. 한 줌도 안 되는 봉건 통치배들이나 양반 지주들에겐 그랬겠지.

"프랑스가 통치한 곳에는 매독이 남고 영국이 통치한 곳에는 민주주의가 남는다"고? 아마 영국인이 퍼뜨린 말일 것이다.

돌이켜보니 요시코는 일본 여자도 아니고 나의 애인도 아니었다. 그미는 다만 나를 좋아한 사람이었다. 그미의 손 재떨이가 생각난다. 사랑도 유혹도 아니고 그저 좋아해서 내민 살가운 포즈를. 그건 사랑도 아니다. 그걸 사랑이라고 생각하는 건 테스토스테론의 변태 종자뿐이다.

굿모닝 레닌
Доброе утро, Ленин

2003년 6월의 에비앙 G8 정상회담 때 로잔 쪽 시위대의 선봉에 있다가 팔이 부러진 형을 둔 블라지미르 일리치 레닌은 스물세 살이다. 물론 슬라브족의 피 한 방울 안 섞인 독일계에 금발이다.

레닌이라니… 그를 세컨드 기타로 받아들인 밴드 멤버들은 그가 형처럼 알렉스 캘리니코스나 안토니오 네그리 같은 좌파의 논쟁 따위에 지대한 관심이 있는 사회주의자나 이상주의자…… 아니, 한국 와서 언더 락밴드 하는 백인치고는 참 별 희한한 놈이 다 있다고 생각했다.

물론 석 달에 한 번은 게바라 티셔츠를 입고, 패잔병의 은신처를 방불케 하는 자취방에 빈 술병과 담뱃갑, 라면 봉지뿐만이 아니라 〈사진으로 보는 체 게바라〉나 〈모터사이클 다이어리〉 같은 책들도 제법 지니고 있는 베이스

용민이 녀석이 있다.

하지만 용민의 이름, 별명조차도 체 게바라는 아니다. 한 번은 드럼 치는 영은이 왜 레닌이냐고 물었는데, 레닌은 언제 보고 배웠는지 아직 몹시 어색한 한국말 억양으로 "아므 으미 업서!" 하면서 TV 유행어를 흉내 내고는 빙긋 웃을 뿐이었다.

레닌은 주말에 홍대 부근에서 해골이나 십자가가 주종을 이루는 반지와 펜던트 좌판을 벌이고 앰프 없이 일렉트릭 기타를 연주했었는데, 보컬 광재가 점찍었다가 데려왔다. 낮술에 흥이 난 광재는 지나가다가 기타를 꺼내 들고다짜고짜 레닌의 연주에 가담해 노래까지 불렀다고 한다.

레닌은 광재더러 '올드 잉베이 맘스틴'이라고 했다는데 기타 실력을 빼면 그것은 사실이었다. 처음에 광재는, 그러니까 한창 날리던 왕년의 잉베이 맘스틴 같다고 하는 줄 알았다. 그러나 광재는 퍼져 버린 자기 배와 허리를 쿡쿡 찌르며 살갑게 구는 레닌을 보고 어느 날 그것이 '늙은 잉베이'를 의미한다는 것을 알아차렸다.

그 뒤로 광재는 합주 연습 때 레닌이 어떤 대목에서 시원찮다 싶으면 "여엉(young)…별수 없는데 뭘!" 하고 놀렸다. 레닌은 푹 꺼진 눈으로 어색하게 웃었고 영은은 연주를 돌연 멈추고 자장면 비빌 때 나무젓가락을 그렇게 하듯 스틱을 갈아 부비면서 "영영?"하고 썰렁한 추임새를 넣었다. 그럴 때마다 광재는 너무 착해서 밋밋한 영은의 뒤통수를 따악, 갈기고 싶었다. 영은은 팀웍을 아는 드러머다.

이름. 이름들의 탄생 혹은 이름들의 싸움. 메탈리카와 윤도현밴드를 연주하는 카피 밴드 '과산화수소'는 어느 지방 축제에 갔다가 똑같은 이름을 가진 팀을 만나서는 한편 낙심하고 한편 그쪽 멤버들과 서로 배를 잡고 웃으며 밤샘 술을 시작했다.

새벽녘에는 '매달릴까'와 '윤두현밴드'도 술자리에 합세했다. 이름들의 축제와 이름들의 이종교배. 동이 틀 무렵 다들 혀가 꼬부라져서 내로라하는 패러디 에로 영화 제목을 안주 삼을 때 술자리는 절정이었다. 곧세우마 금순아, 반지하제왕, 굵은악마…….

하이네 뺨치는 시인 기질에 호주가, 기숙사 담치기 꾼이었던 청년 카를 마르크스는 어느 날 세상의 이런저런 화두 앞에서 미간을 좁히며 고민하는 진지한 인간으로 변했다. 공부, 스포츠, 연애의 꼭짓점 사이를 분주하게 왔다갔다, 무엇이든지 될 수 있지만 아직 아무것도 아닌 여느 젊은이들과 다를 바 없던 카잔의 대학생 레닌은 형의 정치적인 죽음을 보고 ―랭보의 시구처럼― 강철 같은 사지와 성난 눈으로 변했다.

그런 회심, 그런 작심은 전혀 아니겠지만 언더그라운드 밴드 과산화수소의 세컨드 기타리스트 레닌은 술자리 중반, 새벽 3시쯤에 이미 갑자기 결심한 듯 자리를 털고 일어났는데, 걱정할 만큼 대수로운 일은 아니었다. 영은이 더듬거리는 영어로 돌아가는 이야기를 귀띔해 주면 아는 듯 모르는 듯 뒤늦게 좌중의 웃음을 따라가곤 했지만 그렇게 끝까지 버티긴 힘들었으리라.

"영은, 레닌한테 한번 가봐."

마흔에 가까운 광재가 탁하고 낮은 목소리를 냈다. 영은이 꽤 멀리 떨어진 주차장에 서있는 스타렉스 문을 열었을 때 레닌은 점퍼를 뒤집어쓰고 자는 듯했다.

"헤이, 레닌…… 자는 거야? 괜찮니?"

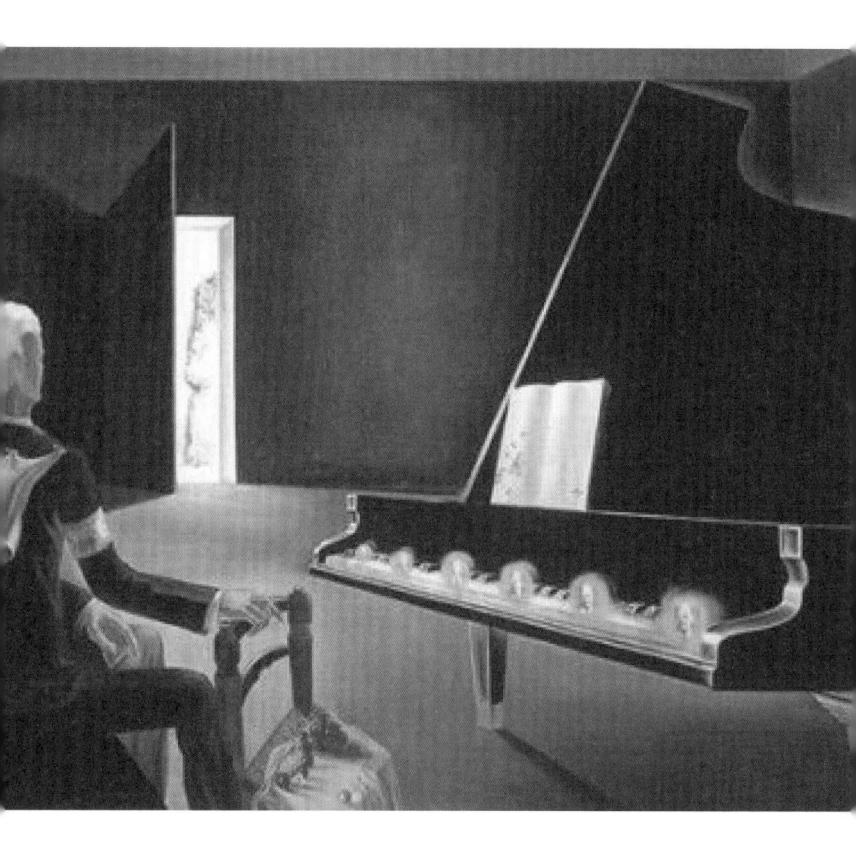

얇은 점퍼 옷감 밑으로 코의 윤곽이 미세하게 움직이는 걸 보니 잠을 자는 호흡은 아닌 것 같았다. 조심스럽게 점퍼를 걷어냈다. 하얀 얼굴에 희미하게 운 것 같은 흔적이 보였다.

"왜 그래? 우리끼리만 놀고 널 너무 따했나? 웬 눈물…
웃긴다 너."

뒤따라 온 키보드 찬섭이 진한 술 냄새를 풍기며 말했다.

"선배, 놔두이소 마, 술 한 잔 묵고 지도 고향 생각 나겠
지예. 부모님 안 계시고 쌍둥이 형이 우리 말로, 운동권
이라고 했제 아마."

영은은 백인 남자는 울지 않거나 울 줄 모르는 것으로 알았다. 특히나 미국인, 주한미군 병사들은 향수 같은 것이 있는지 없는지, 있어도 술 마시고 여자 찾고 종종 주먹 휘둘러 달래는 걸로 대충 이해하고 있었다. 그리고 반세계화 운동가 형을 둔 유럽인 로커가 소주 마시고 안습하는 이 시추에이션은 또 뭐야, 하고 영은은 생각했다.

레닌이 벌떡 일어나 미소를 지으며 좀 과장하는 것 같은 큰 동작으로 괜찮다, 혼자 있게 해달라는 손짓을 해보였

다. 영은은 레닌이 일어나 비우고 간 펼쳐진 스타렉스 시트에 팔베개를 하고 누웠다. 어둠이 아주 천천히 걷히고 있었다. 찬섭은 조수석에 앉자마자 코를 골기 시작했다. 멀어도 10미터 근방 어디쯤 아스팔트 바닥에 앉아 레닌이 앰프 없이 기타로 무슨 곡인가를 뜯는 것 같다.

영은은 눈을 감고 생각했다.

'쌍, 아무튼 모두들 나름 외로운 것 아니겠어. 오토바이 머플러 터뜨리고 헤드뱅잉하고⋯⋯.'

중학생 때인가, 인터넷에선지 책에선지 옛날 소련의 지도자 레닌이라는 사람의 동상을 밧줄로 끌어내리는 사진을 본 것 같기도 했다. 그가 투명 관에 미라로 남아 있는데 그걸 어쩌느니 마느니 한다는 이야기도 들은 것 같다. 그는 얼마나 외로울까. 눈을 뜨니 동이 텄다.

독서클럽의 유령
Ghost in the Book Club

거울에도 창문을 조금 열어야 견딜 수 있다. 버스 안은 후텁지근했다. 터널 입구가 보이자 뒷자리에 앉은 긴 생머리 여자가 차창을 밀어 닫는다. 군복 자락이 틈에 끼여 그걸 빼내느라 다시 열면서 고개를 살짝 돌려 곁눈으로 돌아본다. 언뜻 아름다운 얼굴이다. 살이라도 집히면 어쩔 뻔했어, 속으로 발끈하다가 금방 가라앉는다.

터널을 지나자 상점들 불빛이 뜸해지더니 어둔 거리에 드문드문 몇 개의 담뱃불과 몇 개씩 건너뛴 가로등 불빛에 잠깐씩 비치는 총총걸음 여자들의 에나멜 구두나 핸드백의 조각 섬광들뿐이다.

입대해서 처음으로 밤에 열상조준경이라는 걸 들여다보았을 때 적잖이 실망했었다. 비밀스럽고 신비한 풍경도 없었고, 무엇보다도 적이 없었다. 가끔씩 들짐승이 나타났고 대개 아군이거나 출입이 허락된 민간인들이었다. 어떤 황량한 별의 표면 같은 곳에서 체온으로 존재를 드러낸다는 것은 참 쓸쓸하고도 재미없는 일이다.

우선 아버지 같은 형을 만나야 한다. 이혼한 뒤 단칸 쪽방 하나를 얻어놓고 공사 현장을 전전하는 열 살 터울의 형은 벽이 새카맣게 그을린 예닐곱 테이블 남짓한 원조갈비집에서 늘 기다린다. 그리고 반으로 접어서 꽤 두텁게 느껴지는 만 원짜리 열 장을 꼭 가슴 포켓에 집어넣어 준다. 무조건 몸뚱어리만 상하지 말라는 형의 말이 서너 번 반복될 즈음에 그만 가봐야겠다고 모자를 집으면 파장인데 오늘따라 말이 길다.

"오늘도 만날 거지?"
"모르겠어요. 전화해 봐야죠."
"확실하게 해라. 누가 따로 있는 것 같던데."

나도 짐작하고 있다. 어떻게 해야 할지 방침이 서지 않을 뿐이다. 그리고 그녀는, 현실이지만 극히 비현실적인 열상조준경 속의 세상과는 다르다. 만지고 느낄 수 있다. 그리고 둘이 만났을 때는 어떤 적… 연적도 조준경 속에서처럼 없는 것이다.

영 어울리지 않는 괘종시계 유리의 번들거리는 기름때 사이로 물방울 하나가 느릿느릿 흘러내리고 있다. 일어서고 싶은데 형의 말이 이어진다. 정사를 앞둔 중늙은이의 전립선처럼 아랫도리가 뜨끔하다.

그녀를 입대하기 전에 만난 곳은 한 포털사이트가 운영하는 S북클럽이었다. 아이디 'ghost'. 처음엔 메신저로 몇 마디 주고받았고 이내 친해져 북클럽 오프라인 모임에서 만나기로 했다. 그러나 그녀는 번번이 나오지 않았다. 어렵사리 딱 한 번 함께 차를 마셔서 그때 얼굴을 익힌 형이 목격한 바에 따르면 보험 모집인 같기도 하고 화장품 외판원 같기도 하다고 했다. 하지만 아직도 그녀가 무슨 일을 하는지도 모른다. 북클럽 오프라인 모임에 그녀를 만나기 위해 나갔다가 낯모르는 사람들 사이에 섞여 데면데면 앉아 있다가 문 쪽 복도에 그림자라도 나타났다 싶으면 그녀인가 기대했다가 안녕하세요 추리소설 파트장이에요, 하는 둥하며 나타나는 사람은 모두 그녀가 아니었다. 그러면 무작정 전화를 기다린다. 기다리는 전화벨 소리는 물리적 현실보다 5초 전에 영혼에서 먼저 울리는 법이다. 그래서 괜히 전화기 폴더를 열었다 닫았다 한다. 늘 그런 식이었다. 유령 같은 여자. 형은 이곳저곳에서 그녀가 일 때문에 이 사람, 저 사람 만나는 모습을 보고 그런 의혹을 제기하는 것 같았다.

휴가 나오기 전날, 꿈을 꾸었다. 자세히는 못 봤지만 해맑은 그녀의 얼굴은 눈가에서부터 뺨까지 자상의 흉터가 이어진 갱스터의 얼굴이었다. 그토록 오롯하여 천사가 앉을 만한 미간을 잔뜩 찌푸린 채 내 모든 관심과 사랑의 표현을 고개를 절레절레 흔들며 모두 부인하고 거절했다.

내게 준 10만 원을 꺼낸 반대쪽 주머니에서 지폐를 부스럭거리며 형이 일어섰다. 형이 골목으로 꺾어지자마자 그녀가 기다리는 커피집 쪽으로 뛰었다. 멀리서 버스 뒷자리의 여자처럼 긴 생머리를 한 여성의 윤곽이 유리에 전사된 커피집 로고 사이로 보였다. 하지만 걸음걸이 기어를 바꾸다가는 급히 서야 했다. 그녀는 혼자가 아니었다. 어느덧 약속시간이 40분 지났다 해도 그렇게 표변해서, 그것도 같은 장소에서 다른 남자를 만난다는 게 믿어지지 않았지만 선명하게, 그녀였다. 분명 내가 들어서면 무슨 일이든 벌어질 것이다.

꿈에 갑자기 실내로 물이 들어차기 시작했다. 호텔처럼 여러 개의 방이 복도 끝까지 이어지고 있었는데 문은 전부 열려 있었다. 그녀는 난폭하게 계단을 내려가 바깥으로 통하는 담을 넘어가기 위해 애썼다. 담 바깥에는 시커먼 구정물이 넘실대고 있었다. 그 구정물의 바다는 끝이 없었다. 아가리를 벌린 수많은 악귀들이 득실대는 것만 같은 시커먼 구정물의 바다. 그녀는 나를 거들떠보지도 않고 물에 뛰어들었다. 어쩔 수 없이 나도 눈을 질끈 감고 물에 뛰어들었다. 헤엄을 치다 보니 구정물은 온 시가지를 쓸어버리고 있었다.

나는 그녀를 놓칠세라 죽을힘을 다해 그녀를 따라 헤엄쳤다. 하지만 놀라운 헤엄 솜씨로 그녀는 내게서 멀어졌고 나는 점점 가라앉았다. 가슴이 슬픔과 두려움으로 터질 것 같았다. 심장이 가슴 안에 담긴 채 통째로 뭉개지는 느낌이 있다면 바로 그것이었다. 나는 통곡하며 물속에 잠겼다. 꿈에서 깨자 죽고 싶었다.

가까운 전봇대에 몸을 반쯤 숨기고 전화를 걸었다. 그녀가 가방 안을 들여다본다 싶더니 손을 집어넣어 무엇인가 조작한다. 신호가 계속 가지만 그녀는 전화를 꺼내지도 않고 가방을 다시 옆 의자에 내려놓고 상대방을 향해 웃는 듯하다. 무음 벨로 만든 것 같다.

분노지만 왠지 모르게 서러운 느낌의 '씨발' 소리가 씹힌다. 가슴이 두근거린다. 박차고 들어갈까, 그냥 물러나고 나중에 따질까.

그때였다. 갑자기 구렁이처럼 묵직한 것이 허리를 휘감았다.

"누구게요?… 맨날 유령이라고 놀리더니 버스 뒷자리에 바로 나였는데 알아보지도 못 하고… 완전 둔감!"

시력이 초능력에 가깝게 좋아진다. 커피집 유리벽 로고를 뚫고 여자의 얼굴을 당긴다. 다른 사람이다. 뒤에서 허리를 휘감은 구렁이, 아니 아나콘다가 그녀다. 두 눈을 빼버리고 싶을 정도로 행복했다. 적이란 적의 열의 아홉은 내 눈 안에만 있다.

오스카 와일드의 경우
In case of Oscar Wilde

경성학교 영어 교사 이형식은 오후 2시 3년급 영어 시험 감독을 마치고 학교 뒤 상점가로 넘어가는 언덕의 긴 계단을 올라갔다. 몇 년 동안 거의 매일 세어둔 계단의 수는 분명히 일흔두 개인데 어젯밤에는 그게 그냥 쭉 펼쳐진 한 덩어리의 검은 융단 같았다. 그러니까 술에 취했다는 것은 계단에 대한 평면의 부적응 같은 것이다. 계단 맨 아래에서 맨 위에 앉아 그림자 연극의 인형처럼 손을 흔들고 있는 영채를 향해 계단이 아니라 그냥 평면인 것처럼, 만약 중간에 난데없는 허공이나 절벽이 나타나 떨어진다 해도 꿈에서처럼 안전하리라, 하고 달려갔던 것이다.

그런데 결과는 약간 민망했다. 예순일곱 계단쯤에서 앞으로 휘청, 영채의 맞붙은 종아리와 무릎, 스커트 끝자락에 형식의 코끝이 닿을락 말락한 꼴이 되었다. 치마 속에선 갓 구운 과자 같은 냄새가 나는 듯했다. 나폴레옹 보나파르트가 조세핀의 그런 치즈 냄새에 단잠을 깼다는데, 영채의 속 냄새라는 것은 눈앞에 엄연히 존재하는 실체의 감각이라기보다는 형식이 동료들과 함께 맥주 컵으로 마신 청주 일곱 잔의 잔향이었다. 즉 과거다. '실체'의 추억이라고 해야 하나.

살랑거리는 나뭇잎의 그림자 사이사이로 감시탑 서치라이트 같은 햇빛이 눈을 가늘게 뜨게 만드는 계단의 끝에 그 과거가 오늘도 앉아 있다. 형식이 코끝을 영채의 코끝에 가볍게 대고 사랑스러워 죽겠다는 듯 미간으로 눈살을 모아 찌푸리며 말했다.

"점심은 했어?"
"아직이지."
"몸은 괜찮아?"

영채가 씩 웃는다.

"누구한테 두들겨 맞은 것 같아. 어제 우리, 너무 무리했나봐."

형식은 또 한 번 엉덩이가 저릿해져 오는 것 같았다.

학교 뒤 상점가 큰길 쪽 공사장에 며칠 전부터 세워져 있는 크레인을 올려다보다 형식과 영채는 새로 드나든 게 몇 번 안 되는 밥집으로 가는 길의 지표를 잠시 잃고 말았다. 난폭하다 싶을 정도의 정사 뒤에 오는 어지럼증과 비슷했다. 귓속, 안구, 젖꼭지, 바기나, 음경과 손가락, 발가락 같은, 혀를 위한 지표와 간판들, 교대 식사를 하기 위해 나온 인부들의 하얀 안전모에 부딪히는 거미줄 같은 다각의 반사광. 시험을 끝내고 일찌감치 쏟아져 나온 여중생 무리에서 들리는 씨발, 소리를 눈으로 쫓아가면 거기엔 푸른 핏줄이 비치는 반투명 젖살 피부에 부조된 앳되고 붉은 입술이 있다. 표지판과 소리와 냄새들은 밥집으로 가는 두 육체를 교란했다.

골목으로 빠졌다가 몇 번을 돌아 나온 끝에 둘은 '이모네집' 탁자에 마주앉을 수 있었다. 일부러 그린 것 같은 동그랗고 빨간 볼의 아주머니가 서둘러 두 사람 숟가락 젓가락을 한꺼번에 부려놓는다. 흰 밥알과 홍고추 큰 조각, 노란 콩나물 대가리, 갈색의 어묵조림, 혀가 탐색한 형형색색의 음식물들이 입안으로 사라져가는 모양은 어딘지 묘한 질서와 규칙이 있어 보인다. 두 번인가 영채의 젓가락과 형식의 젓가락이 식탁 위의 허공에서 부딪쳤다.

네 개의 스테인리스 다리가 고무처럼 변해서 서로를 휘감는다. 성애의 극치란 관절 없는 직선의 몸이며 블랙홀마다 어김없이 들이부어지는 한량없는 겔(gel)이다. 몸이 모든 구멍을 열고 더러운 것들을 다시 토해 놓는다. 그것은 추악하고 치명적이며, 오호라, 아름답다. 이런 아름다움에 대한 21세기식 혐오는 거울에 비친 자기 얼굴을 보는 칼리반의 분노이다.

형식과 영채가 천국으로 가는 계단은 곤돌라마다 입술을 포갠 베니스의 연인들을 흘려보내는 수로처럼, 암살을 피하기 위한 메디치 가문의 비밀 통로처럼 그렇게 음식점으로 연결되고 여관으로 통해 있었다.

단단했고 너무 좋았다. 때로는 빠른 피스톤, 드디어 폭발할 것처럼 팽대한 형식의 말초가, 여전히 헐떡이는 영채의 젖무덤 사이에 만든 홍건한 겔의 늪은 하느님 보시기에도 참 좋았다.

형식은 여관에서 나와 빵집에 들러 딱딱한 표면에 부드러운 속살을 가진 프랑스식 빵을 샀다. 입덧 하는 아내가 유일하게 반기는 것이었다. 아내만을 위해 하나만 사기가 좀 뭣해서 한 개를 더 집어 영채에게도 말없이 내밀었다.
영채가 미소를 지으며 고개를 가로저었다.

"우리 애들 아빠는 빵 싫어해."

어둑어둑해지고 있다. 간판들과 여기저기 십자가들의
네온이 서서히 약이 오르는 종기처럼 붉어지고 지나가는
뭇사람들의 얼굴 홍조도 차츰 달아오르고 있다. 아름다
운, 아름다운 황혼이 온다.

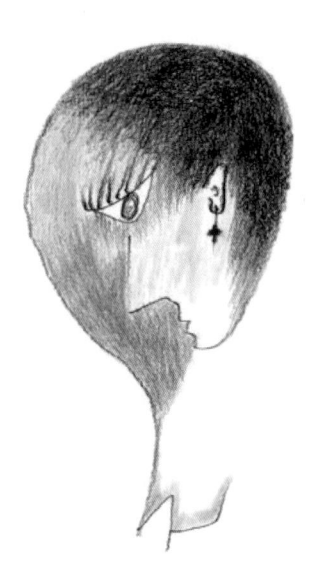

밤의 사내
A man in the night

    여자아이들한테 보여줄 것이 빠른 달리기밖에 없다고 생각했을 때 나는 달렸다. 낯선 남보다 속속들이 더 살가운 친구의 눈빛이 달라졌을 때 술자리에서 하필 병을 깼다. 생각건대 가장 삶이 시답잖을 때 시를 썼다.

    귀가하려면 도착하자마자 다시 버스를 집어타야 할 시간에 금촌 가는 차를 탄 것이 실수였다. 경쟁도 아니고 양보도 아닌 어중간한 어깨를 살짝 겨루며 앞쪽 탑승 문으로 올라가 지갑을 단말기에 댔을 때 그런 소리가 또 들렸고, 나는 소주를 한 병 반씩이나 마신 걸 비로소 후회하기 시작했다.

    한 여덟 번째로 탔는데, 행운이다. 버스 중간에 나란한 두 자리가 통째로 비어 있다. 누군가 세 번째 자리 통로 쪽에 치마 뒤를 정갈하게 쓸어내리며 앉는다.

웬일로 두 자리가 통째로 비었나 했지, 먼지를 뒤집어 쓴 것 같은 머리칼의 사내가 고개를 처박고 다리를 벌린 채 앉아 있었다. 자리의 반을 넘어와 있는 여윈 다리를 살짝 그 쪽으로 밀어붙이며 앉았다. 사내가 힐끗 나를 쳐다 보았다. 눈은 노랬고, 그러나 속눈썹이 길고 까맸고, 흐렸고, 젖어 있었다. 나의 은근한 힘에 밀어붙여진 그의 다리는 미약하게 뻗대는 것 같더니 체념한 듯 힘을 풀었다. 썩 반갑지는 않지만 따뜻한 체온이 느껴졌다.

벽제쯤에서, 대각선 앞쪽 자리가 비었다. 자리를 옮겼다. 먼지 머리칼 사내가 한 번 더 부스럭거렸다.

"에이그, 씨발"

그가 갑자기 모로 눕는 것처럼 몸을 기울이더니 내리는 문 쪽으로 손을 뻗었다. 사내는 문가에 늙은 잿빛 고양이처럼 웅크린 가방을 집으려 했다. 나는 좀 놀랐다. 나를 붙들려고 그런 것만 같다. 불룩한 배낭을 맨 할머니가 가방을 끌다시피 집어 사내의 무릎에 올려 준다. 사내는 할머니가 고맙지 않은 듯하다.

어둑한 시멘트 다리가 지나가고, 사람이 도무지 건너지

않을 것만 같은 건널목들을 지나치고, 철사로 만든 반듯한 S자를 멋대로 잡아 늘린 것 같은 길을 지난다. 무시된 푸른 신호등이 점멸하며 뒤로 사라진다. 흐릿한 빛에 몇 가닥 검은 먼지의 소용돌이가 누구인지, 사람만 같다. 먼지 같은 사내의 옆자리는 오래 비어 있다.

멀리, 어두운 길을 끝내려는 불빛들이 닥쳐오고 있었다. 버스는 마지막 암흑 속의 누구를 구원하려는 듯이, 손바닥을 쫙 펴서 확연하게 손을 번쩍 든 사내 앞에 급히 섰다. 요즘답지 않게 포마드 윤이 나는 것만 같은 머리칼의 사내가 탔다. 그도 역시 나와 같았다. 먼지 머리칼 사내 옆자리에 앉는다.

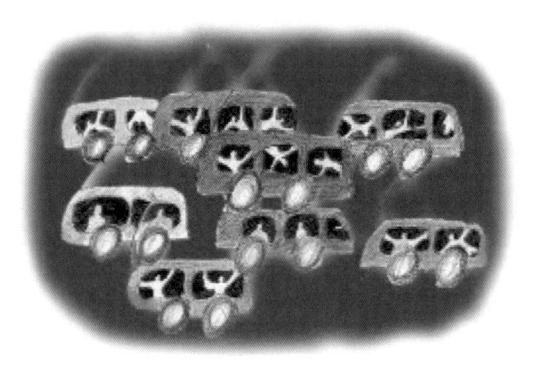

얼마나 시간이 지났을까, 소란스럽다. 졸음이 달아났다.

"여기 어디야?"

먼지 머리칼 사내의 뒷머리가 좌석 위로 솟으면서 외쳤다. 그는 똑바로 고쳐 앉았다. 그는 처음에 고개를 앞으로 향한 채 말했다. 윤기 나는 머리칼의 사내가 옆자리 먼지 쪽을 홱 돌아보다가 그냥 앞을 보고 만다.

"여기 어디냐구, 니미… 아저씨, 여기가 어디요?"

윤기 나는 머리칼 사내가 노련하게 되묻는다.

"어디까지 가는데요?"
"아니… 어디냐니까?… 어이, 기사 양반! 씨발, 사람을 내려줘야지, 좆같은 것들이!"

뒤에서 격앙된 젊은 목소리가 들렸다.

"여러 사람 타는 찬데, 거 좀 조용히 갑시다!"

버스 운전사가 지직, 라디오를 틀었다.

"한편 아무개 장관도, 과거 정권이 만든 자리에 앉아 있는 코드 인사들은 자진해서…"

먼지 머리칼이 벌떡 일어나 뒤를 돌아본다. 무슨 묵직한 도구들이 든 것 같은 그의 가방이 윤기 나는 머리칼의 무릎으로 떨어진 것 같다. 윤기 머리칼이 비명을 지르며 분개한다. 그런데 의외였다. 먼지는 실쭉 웃더니 합장을 하고 뒷자리 사람들에게 연신 고개를 꾸벅거린다. 그리고 뒷자리 어딘가에 앉을 것처럼 윤기 머리칼 사내의 무릎을 거칠게 비집고 나왔다. 사람들이 일제히 부스럭거렸다. 나는 괜히 돌아보았다.

그러나 사내는 가방을 휙 둘러 메더니 내리는 문 기둥에 어깨를 짓이기듯 기대고는 거칠게 하차 벨을 눌렀다. 라디오 볼륨이 조금 더 높아졌다.

"…좌파의… 잃어버린 10년 동안…"

유난히 문이 세게 열리는 것 같다. 사내는 손바닥을 제껴 아무나에게 바이, 하면서 비틀거리며 내렸다.

"…덧붙여 장관은…"

먼지 머리칼 사내는 버스를 향해 웃으면서 계속 손을 흔들었다. 아니아니, 사라지는 것이 아름답다고는 할 수 없어, 나는 밤의 4차선 도로 저 끝으로 멀어져가는 사내를 잠깐 뒤돌아보다가 어떤 여자가 쿡, 하고 웃는 표정을 훔쳐보았다. 버스 안 누군가가 조용히 내뱉었다.

"미친 새끼."

레가토

Legato

이 편지는 2009년 9월 13일 프라하의 한 유서 깊은 여인숙 층계참의 낡은 목재 사이에서 발견되었다. 이 토픽은 작가들과 출판업자들에게 곧 알려졌지만 자연선택(natural selection) 되어 세상에 알려지지 않았다. 이 토픽 대신 알려진 것은 바로 프란츠 카프카가 수집했다는 음화(淫畵)에 대한 것이다.

이런 흥미로운 편지가 대수롭지 않게 취급된 것은, 누군가의 장난이라고 여겨졌기 때문이다.

카를 체르니가 프레디 머큐리에게

어둠 속에서 길을 밝히는 일은 무덤을 파헤치는 일과는 다른 것이, 마음속에 횃불 하나가 있다는 것입니다. 그 횃불은 돌연한 모서리에 이마가 찢기거나 무릎이나 정강이가 차이는 고통을 보상해주는 분명한 위안입니다.

1802년 어느 날의 레슨 중에 베토벤 선생은 나에게 말했습니다.

"그대로. 멈추지 말아."

뒤에 그의 조카 카를을 내가 가르칠 때에도 그렇게 하라고 당부했지요. 당신에게 이렇게 털어놓는 이유는 나도 잘 모르겠지만, 아버지가 선생에게 나를 처음 데려갔을 때부터 나는 그가 싫었고, 그 역시 나를 싫어한다는 인상을 받았습니다. 아버지는 매우 정중하고도 조심스러웠는데, 베토벤 선생은 예의를 잃지 않으면서도, 뭐랄까요, 적극적이고 역동적인 사냥에 나서지는 않고 한적한 길목에서 오로지 자기 자신으로부터 유래한 광기에 사로잡혀 있던 암사자가 제발로 코앞에서 자빠지는 다리 부러진 영양 한 마리를 보듯 했던 것입니다.

나의 스승은 신을 믿지 않았습니다. 제 손가락이 지치거나 웬일인지 굼벵이 같아 풀이 죽어 있을 때마다 스승은 질책하면서 혼잣말을 하곤 했지요.

"갈릴레오. 갈릴레오. 멍청. 아니 위대."

어린 나는 무슨 말인지 몰랐습니다. 그게 무슨 뜻인지 어렴풋하게나마 짐작한 것은 스승의 귀가 심각한 지경에 이를 무렵이었습니다. 제가 보기에 스승의 영혼은 두 번 알프스를 넘었습니다. 한 번은 그의 아버지. 또 한 번은 신. 물론 일루미나티 사람들이 늘 그의 곁에 있었던 것은 사실입니다.

스승은 딱 한 번 흐트러진 모습을 보였는데, 술을 마셨 는지 아닌지는 잘 알 수 없었지만 어느날 밤 그는 팔에 잔 뜩 힘을 주어 나를 포옹한 적이 있습니다. 그러고는 말했 지요.

> "나는 조카 카를을 포기했네. 그에겐 천부의 재능 같은
> 게 없어. 하지만 자네, 카를은 처음 내게 왔을 때부터 희
> 망을 품었다네. 어떻게 들릴지는 모르겠지만 나는 신에
> 속해 있지만 자네는 신에 속해 있지 않네. 인간의 편이
> 라는 말이지. 음악은 인간의 편이므로 나는 어쩌면 그것
> 으로부터 귀가 멀게 될 운명일지도 모르겠네. 아무튼 카
> 를, 자네가 계속하길 바라네."

스승의 기대와는 달리 빈에서 협주곡 5번을 스승 대신 연주했을 때 나는 귀신들린 것처럼 굴었고 청중들도 귀신

들린 것처럼 냉랭했지요. 그때 나는 쇼팽이 내게 한 뼈 있는 말을 떠올렸어요. "당신은 따뜻한 사람입니다. 작품과는 달리."

사람들은 내가 그의 5번 협주곡을 망가뜨렸다지만, 나는 속으로 미소 짓고 있답니다. 그건 나의 실수가 아니라 신의 실수였어요. 어쩌면 인간이 감당할 수 없는 음악을 한순간 퍼부은 것이지요. 그 때문에 그 영매였던 스승의 귀는 그만 터져버린 것이고요. 나폴레옹 군대의 그 멍청한 장교 놈만큼 청중들은 멍청했어요. 하지만 우리 인간은 종종 그렇지요. 그 애증 때문에 나는 사실 신에 대한 곡을 많이 썼습니다. 당신조차 잘 모르겠지만 말입니다.

나, 카를 체르니는 베토벤의 제자가 틀림없어요. 인간과 결혼하지 않았을 뿐만 아니라 평생 차지할 수 없을 뿐만 아니라 신비롭고 위대한 만큼 외롭고 처참한 신의 음악을 열망했다는 점에서 말이죠.

단 한 가지 점에서는 사람들이 나를 알아주었으면 해요. 나는 피가 도는, 따뜻한 유물론자였다는 것. 물론 나도, 나의 스승도 일루미나티에 가입하진 않았어요.

하지만 프레디, 부탁 하나 할 게요. 내 어릴적 스승의 혼잣말을 당신의 세기에도 들려줘요. 나는 소심해서 그러질 못 했어요. 나는 누구에게도 사랑받지 못한 소년이었습니다.

"갈릴레오, 갈릴레오. 갈릴레오. 갈릴레오, 피가로, 마그니피코(Magnifico)"

보헤미안 랩소디에서 체르니가 언급한 베토벤의 혼잣말을 연상할 수 있는 대목이다. 체르니의 이 편지가 20세기의 프레디 머큐리로 이어지는 광기와 고독, 자웅동체적 낭만주의의 격세유전을 설명해줄 수 있을까. 아무튼 세계여, 비참한 인간의 열망이여, 그대로, 계속, 레가토!

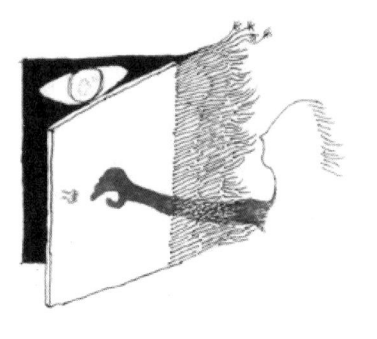

예쁜 여자를 만나는 법

Meet the sexy girl

이 메트로폴리스의 전설 중에 예쁜 여자란 여자는 얼굴 없는 점령군에게 감쪽같이 잡혀가 강의 남쪽 밤의 궁전에서 술과 눈물과 정액만 마시면서 모여 산다는 이야기를 들은 적이 있다.

옛 제국처럼 으리으리한 문턱을 넘어 사천왕 같은 경비병들의 눈초리를 속여내고 길고 꼬불꼬불한 지하 계단을 지나 정의의 칼과 분노의 강궁(强弓)으로 거대한 욕망의 기계를 돌리고 있는 당신을 구해내는 헛된 꿈도 꾸곤 하지. 하지만 아니다, 나는 전사도 아니고 무기도 없다 그보다 창과 화살을 피하며 천신만고 끝에 열어젖힌 회랑의 끝 방에 당신, 적의 털북숭이 가슴 건포도를 애무하며 엉켜 있을지도 모른다는 두려움 때문이다. 건장한 적의 무사들이야 어떻게든 이겨내겠지만 가장 무시무시한 것은 당신을 믿지 못하는 내 마음 아니겠는가.

무슨 수로 당신을 구해 낼 수 있단 말인가. 물가에서 꽃가지물고 앉아 혼잣말 노래만 흥얼거릴 줄 아는 내가 말이다. 그야 나도 자지와 테스토스테론을 타고났고 이 도시의 약육강식을 배겨내는 훈련을 받았지만 말이다

나의 친구 하나는 실패와 파산 속에서 무기를 잃고 마음씨 착하다는 조선족 여자와 결혼하겠노라며 중국 투먼(圖們)의 밤하늘 반짝이는 별을 편지로 노래했는데 끝내 날아온 결혼서류가 재혼서류였단다. 그는 이 망가진 사랑 공작(工作)에 상심한 끝에 도쿄 어디선가 생선 궤짝을 나른다. 친구 또 하나는 한남동과 강남을 배회하며 새하얀 피부, 깊고 푸른 눈의 러시아 미녀를 만나기 위해 이렇게 저렇게 끌어댄 돈 막을 길 없어 쇠고랑을 차고 말았다.

어리석은 새끼들. 하지만 미워할 수 없다. 너희가 찾아 헤맨 것이 오로지 예쁜 여자만이겠니. 너희도 나처럼이 이 세상의 전투에서 날아간 팔뚝이나 발목의 상처가 너무 아프고 공허해서 포옹하는 환각의 두 팔을 그리워한 것 아니겠어. 슬픈 테스토스테론의 변종들이여, 내가 귀띔해 줄게, 예쁜 여자 만나는 법.

육교를 건너 좁은 시장 길 여름이나 겨울이나 알록달록
한 차양들, 비닐과 담요로 몸을 감싼 아주머니, 할머니들
좌판을 지나 황금잉어빵 장수와 이제껏 듣거나 본 적 없는
브랜드의 청바지 가게 사이로 들어가라. 브래지어와 팬티
묶음이 가득 찬 상자가 유난히 통로까지 삐져 나온 골목
을 20미터쯤 가면 끝에 큰길이 보이고 바로 버스 정류장이
하나 있다. 평일 아침 7시 50분이면 반드시 나타나 버스를
다리는 여자가 있을 것이다. 그래, 세월이 흐르고 사람은
바뀌고 새로 생긴 정류장이 수백 군데지만 그녀는 마음속
에 타오르는 단 하나의 별, 이 세상에서 가장 예쁜 여자다.
얼마 안 있어 꼬리에 약간 매캐하고 달콤하기도 한 연기
를 남기며 그녀가 탄 덩치 큰 버스는 떠나갈 것이다 주의
할 것은 그녀를 따라 버스를 타서는 안 된다는 것이다. 만
약 그렇게 하면 요금 단말기에 지갑을 대는 순간 이런 소
리가 들릴 것이다. '환상입니다.'

하지만 정작 나는 내가 너희에게 해준 말과는 다르게 행
동할지도 모르겠다. 내가 버스에 올라 그녀를 뒤따르다가
강의 남쪽 밤의 궁전 앞에 이르러 그녀가 돌아보기라도 한
다면 나는 지상에서 사라지리라. 예쁜 여자는 생에 단 한

사람. 종신토록 버스 정류장에서 동전을 구걸하는 폐인이 되어 삶을 갈아타면서 그녀를 기다릴 수 있겠는가. 그녀를 좇아 버스를 타는 너희가 간절히 원하는 환생 때까지 끊임없이 들려오는 '환상입니다' 소리를 들으며 기약 없는 오랜 세월 동안 말이다.

줄리아 전기

Commentarii de Bello Julia

휴전한 지 십 년이 지났지만 그때 전쟁놀이가 유행이었습니다. 말도 많고 탈도 많은 시절이었지요. 이순신 장군은 틀림없이 훌륭한 분이지만 광화문 거리 한복판에 군인의 동상을 세운 까닭이 무엇인지 여전히 알쏭달쏭, 낮말은 새가 듣고 밤말은 쥐가 들었지요.

아무튼 서울특별시 종로구 가회동에도 꼬마 루이 보나파르트가 하나 있었습니다. 옥인동에 숨었던 이강국의 〈민주주의 조선의 건설〉이나 통인동에서 태어난 이상의 소설책 같은 옛날 것들은 다락으로 치워지고 말을 탄 나폴레옹 그림이 멋들어진 새 위인전이 꽂혔습니다.

그런데 제아무리 냉전 할아버지의 그림자라도 사랑은 못 가리는 법이죠. 윗동네와 전쟁놀이 편을 가를 때 골목대장 루이 보나파르트는 그만 머리를 두 갈래로 딴 어여

뿐 줄리아를 보고야 말았습니다. 줄리아는 성당 영세명이었습니다. 보나파르트는 한눈에 반했습니다. 그리고 줄리아에게 눈 멀었습니다.

우리 편 안 하겠다는 줄리아를 굳이 우리 편으로 데리고 왔습니다. 다른 사내아이들의 반발을 억박지르고 줄리아를 부사령관으로 임명하는 정실 의혹 인사에서 골목대장의 흑심은 절정에 달했습니다.

화력의 열에 아홉은 입 따발총이었던 시절에 백병전을 일부러 유도해 플라스틱 총검으로 찔러 윗동네 미운 아이를 울리고 그 아이 부모님의 항의 방문에 우리 어머니 간담마저 서늘케 하던 무자비한 용사도 점점 변해가는 것이었습니다.

꼬마 보나파르트는 어느 날, 가회동 성당 전투에 전 병력을 투입하고 자신은 본부에 그대로 남았습니다. 여자라서 큰 전투는 위험하다는 핑계로 줄리아도 붙들어 두었죠.

허물다 만 집 담벼락 뒤에서 보나파르트와 줄리아는 눈이 맞았습니다. 권총집을 엉덩이 쪽으로 돌려 맨 보나파르트와 기관단총을 등 뒤로 돌려 맨 줄리아의 입술이 서로에게 다가섰습니다. 아무도 모를 것만 같은 밀회. 하지만 팔 깁스 때문에 남아 있던 한 병사가 그 장면을 보고 있는 줄은 까맣게 몰랐지요.

그날 전투의 패배로 경운동, 멀리 삼청동까지 아우르던 부대의 세력은 급격히 약화되었습니다. 심지어 떠돌이 게릴라 부대에게도 수모를 당했습니다. 둘은 군사재판에 회부되었습니다. 보나파르트는 사병으로 강등되었습니다. 줄리아는 불명예제대 처분되었습니다. 떠나면서 뒤를 돌아보는 줄리아의 까만 눈동자에 물기가 어렸습니다.

어느 여름날, 그러니까 보나파르트가 줄리아를 처음 본 날로부터 하루하루 손가락으로 꼽아 왔던 사랑력(曆) 11월, 테르미도르라 불리는 달에 보나파르트는 물총싸움 전선의 참호에서 망원경으로 적의 진지를 살피고 있었습니다. 지난 겨울 눈싸움에서 돌을 넣은 눈뭉치를 던졌던 적군이 이번에는 또 무슨 짓을 할지 몰랐지요.

천천히 옆으로 움직이던 보나파르트의 망원경이 갑자기 한 군데서 얼음이 되고 말았습니다. 보나파르트는 자기 눈을 의심했습니다. 제일 미워하는 윗동네 녀석과 줄리아가 나란히 화사하게 웃고 있는 것이었습니다.

그날부터 보나파르트는 재미나 물권총과 금붕어 물봉다리 수류탄 등 모든 무기를 미련 없이 던져 버리고 꼬마 시인이 되었습니다. 꼬마 루이 보나파르트의 사랑력(曆) 11월, 아니 오늘도 우리가 쓰고 있는 그레고리력으로 다시 돌아간 7월의 일이었습니다.

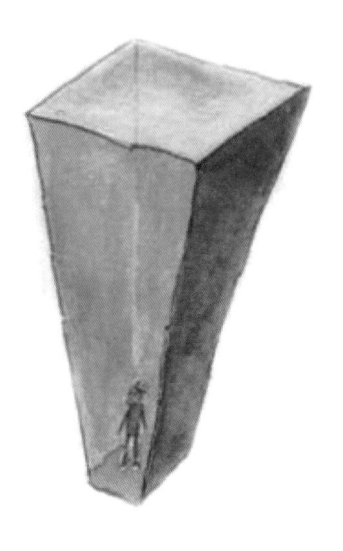

밤의 항해
Night Cruise

"이제 간다며 안녕히 라고 말한 밤의 신 걸친
옷자락을 붙잡고 내 머리칼 젖누나
가느다란 내 목덜미 안고서 남는 그 한 손
뻗어 막아주서요"
> ― 요사노 아키코(与謝野晶子),
> 이혜원 옮김, 와카[和歌] 〈흐트러진 머리칼〉

　아침 출근길엔 저 멀리 대륙의 황사가 하늘에 드리워져 있었다. 이젠 밤이다. 제국의 식민지 경성의 밤은 웬지 축축한 듯하다. 경성전화국 교환수 사치코는 어둠에 휩싸인 집동네로 사기 위해 나선다. 카네미츠 사치코(金光幸子). 어릴 적 행자, 김행자(金幸子). 총독부 창씨개명 창구의 촉탁 고이네는 어릴 적 이름과 어쩌면 그렇게 맞아떨어지는지 모르겠다며 '좋다'를 남발하며 연신 감탄했다. 아버지는 달구똥 눈물을 흘렸지만 어머니는 안도했다. 정신대 가는 것을 막아줄지도 모른다.

고이네는 일본인이었지만 따뜻한 사람이다.

혼마치(本町) 번화가를 지나 가고네마치(黃金町, 을지로)로 가고 있다. 일자리까지 소개해준 은인에게 진고개 냉면집 온면쯤 대접하는 것은 그리 무리라고 생각하지 않았다. 냉면은 차거워서 싫고 온면을 사달라고 할 때는 귀여운 구석까지 보이는 것이었다. 하지만 천생 '왜놈'이었다.

한번은 밥을 사주길래 "고치소오 사마데시다" 하고 다소곳하게 인사하자 고이네는 "사치코 상은 내지 사람이라고 해도 이상하지 않아. 참하고 말수 적고."

그러면서 말을 이었다.

> "내지 여자들은 소설가 리상(이상) 선생 말마따나 보도에 새로 산 구두나 디디려는 속물들이거든. 게다가 요사노 아키코라는 시인 나부랭이는 전선의 제국 용사들에게 '님이여, 죽지 말지어다'라고 헛소리나 늘어놓고 말이야. 비국민이야, 비국민!"

당시 이상 선생은 잡지에 〈동경〉이라는 수필을 발표했다.

비국민! 무시무시한 말이었다. 국민이 아니라는 것은 사람이 아니라는 것, 죽여도 좋다는 뜻까지 갖고 있었다.

아버지께 얘기했더니 당장 "그 왜놈, 절대 가까이하지 말라"는 불호령이 떨어졌다.

경성의 밤은 밝고 휘황하기까지 했다. 하지만 혼마치나 가고네마치를 조금만 벗어나도 어둠은 깊어졌다.

밤을 붙들고 싶었던 시인 요사노 아키코, 아마도 자신의 머리칼에 얼굴을 묻고 탐닉하던 연인이 떠나는 게 싫었을 것이다.

행자, 사치코에게 경성의 밤은 나쁘지 않았다. 푸근하기까지 했다.

언젠가 고이네가 물었다.

"요즘도 낮도깨비한테 시달리나?"

아닌 게 아니라 사치코는 근무 중에 환청과 환상에 시달리고 있었다.

해괴한 목소리 또는 귀신은 임진왜란 때 북상하는 가토 기요마사 부대의 병졸일 때도 있고, 여우 사냥을 간다는 로닌(떠돌이 무사)일 때도 있었다.

사치코의 할머니는 남쪽 바닷가에 살았는데

조선말이든 일본말이든 주로 독립운동 하는 사람들 편

지를 동네 사람들에게 밤에 몰래 읽어주었다고 한다. 일제 순사들에게 걸릴 만한 내용은 일부러 파도소리에 묻히게 바닷가에서 읽어준다고 했다.

사치코도 들어본 적 있는 할머니의 목소리, 그러나 귀신들의 목소리는 달랐다. 슬픈 것 같기도 하고, 싹싹 비는 것 같기도 하고 울부짖는 것 같기도 한 일본인 남성의 목소리.

사람들은 대개 밤에만 가위눌리는 것으로 알고 있다. 그렇지 않다.

사치코는 늦은 오후에 설핏 잠이 들었다. 찰나였지만 먼 꿈을 꾸었다. 꿈을 꾸는 동안, 일할 때 오래 유지한 한 자세 탓이었을까, 종아리에 쥐가 나서 아팠다.

오두막이었다. 금노랑 황군 군복 차림의 남자들이 나타났다. 오두막 안에는 소녀, 마치 고이네가 사치코더러 다소곳하다고 말했던 것과 같은 소녀가 앉아 있었다.

"사랑해", "진심이야", "이달치 봉급이야. 넣어둬. 맛있는
   거 사먹어", "전쟁 끝나면 조선이든 내지든 함께 살자"

소녀는 우는 듯 웃는 듯 잠잠했다. 그때였다. 어디서 났

는지 단검을 빼들더니 남자를 난자하기 시작했다. 피가
사치코의 얼굴에까지 튀었다. 피비린내가 진동했다.

사치코는 스스라쳐 깨어났다. 두 손으로 얼굴을 감쌌
다. 눈물이 흐르고 코피가 쏟아지고 있었다.